领读

青山见我应如是

东周社 著　　　周东 主编　　　四川人民出版社

图书在版编目（CIP）数据

领读：青山见我应如是 / 东周社著；周东主编. -- 成都：
四川人民出版社, 2022.7
ISBN 978-7-220-12258-3

Ⅰ. ①领… Ⅱ. ①东… ②周… Ⅲ. ①世界文学－文学欣赏
Ⅳ. ①I106

中国版本图书馆CIP数据核字(2022)第058484号

领读：青山见我应如是

LINGDU：QINGSHAN JIAN WO YINGRUSHI

东周社 著　　周 东 主编

出 版 人	黄立新
策划编辑	李真真
责任编辑	邵显瞳　袁 璐
融合统筹	袁 璐　邵显瞳
特约编辑	冯阿静
书名题字	谢季筠
封面画家	魏 葵
封面设计	张 科
责任校对	舒晓利
责任印制	祝 健
版式设计	成都原创动力
出版发行	四川人民出版社（成都三色路238号）
网　　址	http://www.scpph.com
E-mail	scrmcbs@sina.com
发行部业务电话	（028）86361653　86361656
防盗版举报电话	（028）86361653
印　　刷	成都国图广告印务有限公司
成品尺寸	130mm×185mm
印　　张	11.75
字　　数	218千
版　　次	2022年7月第1版
印　　次	2022年7月第1次印刷
书　　号	ISBN 978-7-220-12258-3
定　　价	68.00元

目录

我有新诗何处吟　捌

领读

用 | 声 | 音 | 传 | 递 | 力 | 量

▶ 观看节目　与领读人一起向下扎根，向上提升

🎧 静听朗读　一座金话筒奖主持人的声音书馆

📖 心意书单　领读人给阅读探路者的一点心意

👥 领读书社　试试将自己的阅读感受分享出来

📝 专属笔记　记录读书动态，一键生成读书心得

扫描二维码
获取领读礼盒

音视频制作团队：東周社

高 云　　唐志中　李慧宇　　刘雍洋　　罗 寒　　敖 玲

钟 玮　　周 婵　陈 颖　　朱 江　　周洋竹　　王寅松

壹

时间的玫瑰

教育是救国之不二法门

《卢作孚箴言录》/卢作孚著，张维华选编

卢作孚（1893—1952），原名卢魁先，
别名卢思，重庆市合川人。近代著名爱
国实业家、教育家、社会活动家。民生
公司创始人、中国航运业先驱，被誉为
"中国船王""北碚之父"。

一个没有受过学校教育的学者

一个没有个人享受要求的现代实业家

一个没有钱的大亨

一个近乎完美的人

一个拯救了百万生命的人

一个被人遗忘的人

一个万万不可忘记的人

著名的敦刻尔克大撤退在二战中的意义十分重大，它使得英法联军得以保存大量的兵力，为日后的反攻提供了基础。同样是在二战时期，中国大地上也经历过这样的奇迹。在"中国版敦刻尔克"奇迹中，一位民族英雄拯救了150万人的生命，甚至影响了整个中国抗战的命运，这位英雄，就是被称为"中国船王"的卢作孚。

很多年轻人不一定知道卢作孚是谁，他确实是一个几乎被当代人遗忘的人。但当我们了解了他的经历和贡献之后，你一定会感叹，他是一位绝不该被遗忘的人。

八十年前，在那个中华民族最危急的时刻，他对中国人民所做的贡献，可谓光照日月，彪炳青史。而他在繁忙工作之余，沉思人生，洞察世事，为我们留下的一本《卢作孚箴言录》，更具有恒久的人性光辉和思想价值。

从我第一次知道这位传奇人物开始，我就有个心愿，要把他的故事讲给更多的人听，甚至奢望能把这断了的文脉接起来——他不该被历史遗忘，连毛主席都说他是"中国近代史上万万不可忘记的人"。卢作孚出身贫寒，读完小学就辍学了，靠着自学，他不仅做了报社记者，还编写教材，随后更是在教育、航运等多个领域都卓有成就，对国家贡献极大。这个被后人称为"近乎完人"的人，他的主要学说和思想都在他的《卢作孚箴言录》里。

卢作孚的言论深入浅出、朴实明白，又饱含深意，可以说他的言论就是他人生的表达。纵观卢作孚波澜壮阔、精彩纷呈的人生，可以说他一直转战于革命救国、教育救国、实业救国这三大领域，尤其对于教育，卢作孚一直给予了极大的关注。虽说他自己只是小学毕业，但他一直认为"教育是救国不二之法门"，在他早年担任四川地区一些教育行政职务时，就曾掀起过轰轰烈烈的教育改革运动，这项运动被当今的教育学者誉为"二十世纪初地方教育实验的一个典型"。随后他在成都成立通俗教育馆，聘请专门人才，包括音乐、体育、艺术、古董等各方面的学者和专家，来给普通市民上课，同时把入学的手续和门槛化繁为简。卢作孚的出现给当时整个四川的教育界带来了一股清新变革之风。那么这样一位教育改革家，他的教育理念有哪些过人之处呢？

> 人都说教育应是做人的教育，教人如何做一个人，我觉得教育应是做社会的教育……要从自然界，从社会上，才能得着真切的知识，书本不过是记载那些知识的东西，并不是知识。要养成儿童获得知识的能力，他才能够一辈子随时随地获得知识，教育的主要目的，不在给与学生以知识，而在训练学生的行为。

卢作孚的很多教育理念，在现在看来都值得借鉴和学习，不过由于当时的四川军阀割据，战火不断，抱有教育救国之梦的卢作孚渐渐发现，他这条路好像走不通。1925年，卢作孚把他的救国理想转向了另一条路——发展实业。他靠着乡亲朋友的支持，花8000元买了一条船，这就是中国近代史著名的民生公司的开始。然后在二十多年的时间里，民生公司由这艘船起步，发展成为拥有140多艘江海轮船的客货船队，成为我国当时最大的民族航运企业，而卢作孚也一跃成为"中国船王"。企业越做越大，卢作孚也一步步实现着他实业救国的梦想。1938年10月，在那次被称为"中国版敦刻尔克"的宜昌大撤退中，卢作孚和他的民生公司在日军的炮火下，仅仅用40天的时间，通过水路把中国最重要的工业企业物资设备和150万人运输到了四川大后方。这些企业在当时是中国仅存的工业命脉，保留下来的这些工厂为抗战的最后胜利奠定了物质基础。

要知道，在那个时候，有不少航运企业都是趁机大发国难财，但卢作孚恰恰相反，他不仅以最低的价格来运送物资，而且允许大量难民免费搭乘。在整个大撤退的运输过程中，卢作孚的民生公司可谓损失惨重，很多船只遭到损坏。作为一名商人，卢作孚虽说不能在战场上奋勇杀敌，但通过这种实业救国的方式，也算是在另一个战场上表达着对祖国的热爱。

现在大家都在说爱国，但假设国家真出现危难的时候，试问我们现在的企业家，又有多少能做到像卢作孚那样呢？不管是做教育还是干实业，卢作孚的最终目的其实都一样，那就是振兴国家。对于祖国，他一直抱有一颗赤子之心，而在他这本箴言录里，我们同样能读到不少他忧国忧民、立志振兴中华的话语。1939年8月14日，他在《精神之改造》中写道：

> 抗战以来，整个国民之思想，已趋于一致，不过尚有少数人，尤其为年轻之人，好标奇立异，喜欢新奇思想。实则今日之中国人，其问题不在选择某种思想，而在能否思想一点，我人能思想，则不必选择思想，必能对中国之问题，作清楚之分析，故我人时时刻刻应有思想。

> 日本派遣军队占了东三省，是看得见的，但，他派的生铁、棉纱占据了华北以及长江下游，我们看见没有？奉天失守，热河失守，我们看得见的，海关每年损失的数万万，我们又看见没有？要是终于安眠在旧有集团生活之下，终必迄于灭亡而后已的。

卢作孚的一生，一直以关注民生和推动国家的进步为己任。像宜昌大撤退这样的时刻，在他的传奇人生中，也只能算是璀璨繁星中的一颗而已。除了成立民生公司，用实业救国以外，卢作孚还担任过川江航务管理处处长、四川省建设厅厅长、交通部常务次长、国民党政府第一任全国粮食管理局局长。由他主持建设的北碚"现代乡村建设运动",可以说是现代化乡村建设的一个样板和雏形,当时国内外很多专家和机构的评价都很高。

作为一个不差钱又有很高社会地位的人,一般人对卢作孚的想象,应该是一副衣着光鲜、派头十足的模样吧?但其实真实生活中的卢作孚,与人们的想象相差很远。他从不爱打扮,常年穿一套中山装,为了节省梳头的时间,他还剃光头,完全没有大老板或高官的派头。有一次卢作孚的四川老乡、国民党元老之一的张群和他开玩笑说:"你的跟班都比你穿得漂亮。"虽然他手握几千万资产,却从没想过为自己买地、买房,身后也没有任何财产和储蓄,连兼职单位送的车马费都分文不留地捐了出去。说了这么多,相信你和我一样都对卢作孚充满了崇敬之情,那么他对于成功,对于人生的价值和意义又是如何看待的?我们依然可以在这本《卢作孚箴言录》里找到答案。

　　人的成功不是要当经理、总经理,或变成拥有
百万、千万的富翁,成功自己;而是盼望每一个人都有

工作能力，都能成功所做的事业，使事业能切实帮助社会。许多人都把这个意义弄不清楚，往往败坏事业，成功自己，自己虽说是成功，社会却失败了。因为自己这种成功，是从剥削社会得来。

卢作孚的头衔很多，他既是中国船王、资产千万的大企业家，又是教育家、社会活动家、思想家。不过抛开众多的头衔，在我看来，他就是一个有着伟大人格的革命实干家，一个真正的伟人。遗憾的是，这样一位值得尊敬的人，在很长一段时间里，被深深地埋没在了岁月的尘埃中。还好，近年来，对卢作孚的研究在不断地加大和深入，隐藏在历史长河中的那点点星光开始逐渐清晰起来。2003年，卢作孚被重庆市民众和专家学者分别评选为重庆十大文化名人之首，正如一些专家所说，他留下的民生公司、北碚实验区、《卢作孚文集》，其中任一项都足以改变历史。

最后我想说的是，先生的事功，虽说已离我们渐渐远去，但先生的思想，却依然保存在这本箴言录里，品读它，体会它，带给你的，将是一生受用的滋养。而对于他个人和思想的研究和挖掘，我觉得这还只是开始，相信随着时间的推移，卢作孚留下的精神财富会更多地呈现在世人面前，让我们从中受益。

延伸阅读
————

《卢作孚文集》《卢作孚的选择》《卢作孚自述》《我的父亲卢作孚》

在世界未来将是中国文化之复兴

《这个世界会好吗》/ 梁漱溟、艾恺

梁漱溟（1893—1988），蒙古族，原名
焕鼎，字寿铭，曾用笔名寿名、瘦民、
漱溟，后以漱溟行世。原籍广西桂林，
生于北京。中国著名的思想家、哲学
家、教育家、社会活动家、爱国人士，
现代新儒家的早期代表人物之一，有
"中国最后一位大儒家"之称。

他是一位独立思考、悲天悯人的学者

也是一位桀骜孤高、不畏权势的勇士

他被称为中国最后的儒家

坚信世事滚滚向前，中国文化必将复兴

只不过先生用一生回答的问题

我们至今还在寻找答案

——这个世界，会好吗？

　　我发现有些外国人对中国传统文化的研究和喜爱，比我们中国人有过之而无不及，在角度、视野、观点等等方面，总会给我们惊喜。曾经看过一部纪录片，芝加哥大学历史系一位中文名字叫艾恺的终身教授，恭敬且虔诚地在梁漱溟先生的墓前磕头。估计很多中国人连梁漱溟先生的墓在哪里都不知道，他却不远万里跑到墓前虔诚祭拜。我印象最深的是艾恺在墓前放的那本梁漱溟先生的作品《这个世界会好吗》，可见艾恺对梁漱溟的敬仰到了何种程度。

　　"最后的儒家"梁漱溟先生喜欢戴一顶瓜皮帽，着中山装。1985年92岁那年，他在中国文化书院做过一次演讲，娓娓道来，手势和声音都充满力量，他说："有两个点，不迁怒，不贰过。

心里有点不平，你就怒了。马上就过去，不迁延。迁延的迁，是时间上的问题，是生命上的问题；不贰过，错了不再错。孔子也罢，他的学问的功夫，都在自己生命上，不在其外。"精彩！

"积善之家必有余庆"，余世存在《家世》里讲到的十七个家族故事里，其中就有梁家。对于梁家的家风，余世存的总结是四个字：直道而行。这个"直"，确实是对梁漱溟一个比较精准的概括。关于梁漱溟的"直"，有两件事中国人应该比较熟悉。一件是1953年9月，在全国政协常委扩大会议的小组讨论会上，梁漱溟公开跟毛泽东争论那件事。还有一件是1973年的批林批孔，梁漱溟说，"我的态度是，只批林，不批孔"，结果受到了大规模批判。

梁漱溟的"直"，为他赢得了世人普遍的尊敬，但在我看来，梁漱溟对于今天的我们，对于今天的中国，真正具有的意义和价值可能远远不止这一点。

我觉得《这个世界会好吗》这本书是了解或者说理解梁漱溟最好的一扇窗口。这本书实际由梁漱溟的一个采访录音整理而来，采访者就是在梁漱溟墓前悼念的美国著名汉学家艾恺。艾恺是费正清先生的爱徒，在二十世纪六七十年代写了一本关于梁漱溟的重要传记,《最后的儒家——梁漱溟与中国现代化的两难》。但那时的艾恺根本没有和梁漱溟见过面,也没有采访过他,整本书的写作完全建立在对文字资料的研究上。后来艾恺听说梁漱溟居然还活着,他竭尽全力找机会要亲自采访梁漱溟,以印证自己的观察与思考。而这个机会,终于在1980年来到了。

可能是因为梁先生看到了艾恺写的《最后的儒家》,梁先生委托他八十高龄的北大学生给艾恺打电话,想和艾恺见个面。那段时间,艾恺是每天早上都到梁家报到,和梁漱溟连续深谈十多次。从梁的思想主张,到他一生经历的各种人事,无所不谈,最重要的是留下了宝贵的录音资料。直到二十多年后,这些录音资料才被有心人整理,得以成书出版。

这本书一个很大的特点,就是完全还原录音时两个人的对话,基本未作任何修改,时不时还会有"(笑)"这样的字样。在阅读的时候,俨然身临其境,可以真切感受大师晚年那种对世事的洞彻和内心的纯净。要说当时梁漱溟已经87岁,但头脑清晰,思维敏捷,记忆力超强,而且言语间给人的感觉,完全不像封面照片的样子那么严肃,是一个非常随和达观的老头儿。只是说这个书的标题,多少显得有些沉重。这个世界会好吗?说起来这既是贯穿全书的一个基本思想，也是发生在梁漱溟和他父亲身上的一个让人唏嘘不已的故事。

梁漱溟出身清朝官宦之家，父亲梁济，做过清朝的文化官员、内阁中书。梁济不是那种腐朽守旧的清朝遗老，他是有新思想的。但他看到辛亥之后，共和被搞得乌七八糟，心里非常悲哀，觉得一国之精神根基已经丧失，萌发了自杀的念头。1918年11月的一天，梁济准备出门时，遇到梁漱溟，父子两人谈起了一则关于一战的新闻。最后梁济问道："世界会好吗？"梁漱溟回答说："我相信世界是一天一天往好里去的。"梁济说："能好就好啊。"说完这句话便离开了家。三天后，梁济在净业湖，也就是今天北京的积水潭，投湖自尽。而当时家里人，正忙着准备三天后他的六十大寿。

父亲就这么走了，但梁漱溟却需要用一生来回答父亲留下的这个问题。世界会好吗？回答这个问题太不容易了，不仅需要持续的思考，也需要不断的行动。令人感佩的是，这两点，梁漱溟都做到了。年轻时的梁漱溟，学问底子其实并不深厚，只上过中学，也没留过洋。但凭着过人的天资和勤奋，他通过自学，愣是走出了属于自己的一条学问之路。24岁便被蔡元培请到北大讲授儒学和佛学。梁漱溟曾说，所谓学问，就是学着问问题，多么精到的一句话。

> 我一生啊，占据我头脑的有两大问题，一个是国家问题、社会问题。国家问题就是中国的衰弱危亡、社会的苦痛，这是常常占据我的头脑的一个问题。可是另外一个问题远远超过大过这个问题，就是对人生问题的怀疑苦闷。

在我看来，对于第一个问题——国家社会问题，梁漱溟是用行动来回答的。二十世纪三十年代他尝试社会改良，投入乡村建设运动，当年在山东做得是风生水起；四十年代为抗日救亡四处奔走，竭力促进国共合作，是典型的民主人士；五十年代耿介直言，百折不回。他不是那种坐而论道的书生，他一直在积极地践行儒家所讲的"知其不可而为之"，不计成败，只求找出一条新路来，"我是一个要拼命干的人，我一生拼命干"。

对于第二个问题——人生问题，我觉得他更多是通过著书立说来回答的。梁漱溟著作等身，从《东西文化及其哲学》《中国文化要义》到《人心与人生》，一生笔耕不辍。《人心与人生》

是梁漱溟自认一生最重要的著作，他说写完这本书就可以去死了。但说实话，这本书比较艰深，学术味重，我感觉不太好读，有兴趣的朋友可以找来读一读。

说到梁漱溟最重要的一个思想观点，就是他把人类所面临的问题，归结为了三类：第一类是人对物的问题，第二类是人对人的问题，第三类是人对自身生命的问题。关于解决第一类问题，梁漱溟认为是近代西方科学的强项，在征服利用自然方面，他们确实走在了前面。但说到实现人与人关系的和谐，还有安顿好人自己的心灵，梁漱溟觉得还是得依靠中国的文化和佛学中的一些道理。正是基于这样一个理念，所以终其一生，梁漱溟始终坚信，中国文化在经过西方文化的冲击后，经过扬弃和更新，终会重新在全世界范围内大放光彩。这就是为什么梁漱溟会对父亲说，世界是一天一天往好里去的。

> 在世界未来将是中国文化之复兴，我刚好不悲观。

1988年6月，最后的儒家，95岁的梁漱溟留给人世的最后一句话是：我累了，需要休息。直到今天，梁漱溟的名气依然很大，但有多少人真正了解这位先生？就拿我自己来说，以我有限的阅读和浅薄的理解，梁漱溟的有些观点，我并不是都赞同的。不过说到近代中国我最佩服的人，梁漱溟绝对是其中一个，因为我觉得他是少数真正做到了"独立思考、表里如一"的人。什么叫知识分子？在我看来，光有知识还不能算，至少，还得做到这八个字"独立思考、表里如一"。我想艾恺在这本书的序言里写的一段话，可谓是对梁先生最为恰当，也最为精准的评价。

作为一个历史研究者，我认为就算再过一百年，梁先生仍会在历史中占有重要的地位，不单单是因为他独特的思想，而是因为他表里如一的人格。与许多20世纪的儒家信徒相比较，他更逼近传统的儒者，确实地在生活中实践他的思想。梁先生以自己的生命去体现对儒家和中国文化的理想，就这点而言，他永远都是独一无二的。

这个世界会好吗？梁漱溟先生已经给出了自己的答案。但不可否认，我们还在思考，还需要探寻。

延伸阅读

————

《中国文化要义》《东西文化及其哲学》《中国人》《读书与做人》

人无使命，即无人格

《文化与人生》/ 贺麟

贺麟（1902—1992），四川省金堂县人。中国著名哲学家、哲学史家、黑格尔研究专家、教育家、翻译家。贺麟学贯中西，在中国哲学方面也有极高造诣，是"新心学"的创建者，是当代新儒家的代表人物之一。

> 与其束缚于现实，不如放任于梦想
>
> 因为梦想虽然不是理想
>
> 到底还与理想接近
>
> 青年人最容易陷于梦想
>
> 也只有青年人最富于理想

　　贺麟这个名字你或许没听说过，尤其是相较于在蜀地文化涵养中孕育出来的几位文学大师——巴金、郭沫若、沙汀、艾芜等，贺麟在普通大众中的知名度确实要低很多。这也不奇怪，毕竟哲学这个领域还是太过深奥，在中国近代的哲学研究领域，贺麟就是一块让人高山仰止的丰碑。所有学习哲学的中国人，几乎都读过他翻译的黑格尔《小逻辑》，这本书也被誉为"中国最成功的西方哲学译作之一"。

　　就黑格尔的《小逻辑》来说，如果没有一定的哲学修养和逻辑学方面的常识，读起来难度不小。但如果你读了贺麟先生的《文化与人生》，或许相对会容易一些。这本书写于抗战期间，那时他在昆明西南联大任教，他将对文化问题及人生问题的思考写了下来。书中，在发挥他个人的文化见解和人生见解时，他尽量理解并发扬中国固有文化的特点，并介绍西洋文化的意义、西洋人的近代精神和新人生观。

贺麟先生所处的时代，正值中华民族遭遇"三千年未有"的文化危机，内有古今之变，外有中西激荡。有人拒绝一切西方思想，有人打算全盘西化。而只有极少数的像贺麟先生这样的人，是用浸透"儒释道"传统的中国头脑，去仔细地研究和理解西方文明的思想精髓，然后发展出建立在中西文化融合基础上的现代儒家思想。他并不排斥汹涌而来的西方文明，甚至认为这对于传统的儒家思想和中国文化是件好事。就是要用这种生死存亡的考验，去逼迫所有头脑清醒的人，去认真地思考中国近代以来的各种危机，最终学会吸收、融会和转化这些外来文化。

就个人言，如一个人能自由自主，有理性、有精神，他便能以自己的人格为主体，以中外古今的文化为用具，以发挥其本性，扩展其人格。就民族言，如中华民族是自由自主、有理性、有精神的民族，是能够继承先人遗产，应付文化危机的民族，则儒化西洋文化，华化西洋文化也是可能的。如果中华民族不能以儒家思想或民族精神为主体去儒化或华化西洋文化，则中国将失掉文化上的自主权，而陷于文化上的殖民地。

　　　　　　　　　——贺麟《儒家思想的新开展》

　　《文化与人生》大概涵盖了四个方面的内容：一是儒家文化的自信，自省与图新，在认识和汲取西方哲理、宗教与艺术的元气中获得新生；二是乘抗战风云之势，谋划建立一个不失自家传统的现代法治国家；三是辨识人心的信仰及宗教，在现代儒家和华夏精神生活里找到它或引发它；四是评析文化流派，发表教育主张。

　　贺麟先生的中国哲学研究有着清晰的时代问题意识，体现出面对现实、应对危机和立足传统、华化西哲、转向现代，以及深入论证、缜密分析等特点。他吸收诸子百家及西方哲学，将中西有关"心"的理论有机结合，创建了新的心学体系；对"理""知""知行关系"等进行新阐释，提出了新的体用观，在保持民族性的基础上发展了其思辨性。

　　贺麟先生早在八十年前就用自己的思辨证实我们应该有怎样的文化自信。更难得的是，在那个战火纷飞、局势动荡的旧中国，贺麟先生已经预见到了中华民族日后的伟大复兴，所以他才会说："民族复兴不仅是争抗战的胜利，不仅是争中华民族在国际政治中的自由、独立和平等，民族复兴本质上应该是民族文化的复兴。"这不正是我们所说的"中华民族的伟大复兴就是中华文化的复兴"吗？而这延续了近百年的历史使命，既是我们整个国家和民族的使命，也是我们每一个人的使命。

　　人的使命，在某种意义下，即是人生的目的。使命是目的的内容，目的即包含在使命之内，也可以说人生的目的即在完成人的使命。使命比目的要具体些，切实些。做人有了做人的使命，人生就有目的、意义与价值。没有具体的、切实的、非执行不可的使命，而高谈人生目的，就嫌空洞不着边际了。

　　假使一个人永久不去追问人的使命，就好像无舵之舟，漂在海上，只能随波逐流，与世浮沉，那么岂不是生活无意义无价值？进一步说，人没有人的使命，人就没有人格，不能算是真正在做人。

　　　　　　　　　　　　——贺麟《论人的使命》

1919年9月初贺麟考进清华学校（现清华大学）时留影

其实贺麟先生本身就是一个有使命感的人。他出生在内忧外患、风雨飘摇的时代，却一心想要读最好的书，领会最好的思想。那时候的他，为求中国之富强，走出国门去寻求救亡图存的复兴之路，他坚定着这样的理想和信念，把它作为毕生的使命，始终不渝、百折不挠。而今天的我们，在面对自己丰满理想和骨感现实的过程中，仍然可以从贺麟先生的教诲中吸取营养。因为理想与现实，总是分离的、矛盾的、冲突的、很难合一的。

现实是丑恶的、复杂的、生硬的、无情无理的，另一方面，理想却是美丽的、简单的、和谐的、有情有理的。在我们看来，离现实而言理想，理想就会成为幻想和梦想，离理想而言现实，现实就会成为盲目的命运和冷酷无情的力量。事实上有许多人埋没在现实之中，为现实所束缚，作现实的奴隶，不能自拔。更有许多人，沉溺于幻想中，不认识现实，关着门，闭着眼，作主观的梦想，极力逃避现实。

八十年前，贺麟先生对于理想与现实关系的论述，放在今天依然是字字珠玑，充满洞见：不能因现实复杂而放弃梦想，不能因理想遥远而放弃追求。不知道你发现没有，不论是在《儒家思想的新开展》里探讨儒家思想和西方文明的融合转化，还是在《论人的使命》里论述目的与使命的互为依存，或者是在《理想与现实》中剖析二者的辩证关系，贺麟先生都是把一些表面上看似对立的东西，以自己的深厚学养，层层抽丝剥茧，寻找出其中可以统一转化的一面。这是看待世象万物的一份大智慧，也是观照人间众生的一份大善意。而贺麟先生的这份智慧和善意，无疑是为丰富博大的天府文化增添了一笔宝贵的思想财富。先生今天虽已远去，但捧读先生的书，多思考，勤反省，把先生的论述映射到我们今天的生活中，又用我们生活中的点滴去印证先生的观点，这也算是我们对先生《文化与人生》的一种"新开展"吧！

延伸阅读

———————

《近代唯心论简释》《当代中国哲学》《黑格尔哲学讲演集》《西方六大师》

湖畔人生

《瓦尔登湖》/ 亨利·戴维·梭罗

亨利·戴维·梭罗(Henry David Thoreau,1817—1862),美国作家、哲学家,超经验主义代表人物,也是废奴主义及自然主义者,曾是一名土地勘测员。

"在路易斯安那

它孤独地站立着

有些青苔从树枝上垂下来

那里没有一个同类

它独自生长着

发出许多苍绿黝碧的快乐的叶子"

这是惠特曼的著名诗篇

我用它献给一个人

还有一本书

　　1989年3月26日，写过"面朝大海，春暖花开"的海子，在山海关以卧轨的方式结束了自己年仅25岁的生命。海子是二十世纪八十年代的文化符号之一，他的诗，至今为人传诵，他的死，至今令人扼腕。海子结束自己生命的时候，身上带了四本书，其中一本就是美国作家亨利·戴维·梭罗的《瓦尔登湖》。海子是多么喜欢这本书啊，他甚至为作者写下了一段美丽的诗句。

梭罗这人有脑子

像鱼有水、鸟有翅

云彩有天空

梭罗这人就是我

我的云彩，四方邻国

在豆田之西

我的草帽上

当时的中国，没有几个人知道这本书，也少有人知道梭罗这个人，尽管这本书在西方早已大名鼎鼎。海子的死，给《瓦尔登湖》蒙上了神秘的面纱，从那以后，很多的中国读者开始去了解梭罗和他的《瓦尔登湖》。但直到今天，我认为这本书在中国仍然是一本"寂寞"的书，因为我知道，认真读过它的人并不多，读过它且领悟其精神的人也少。同时，我认为这本书对于今天的我们的意义，其实更重于海子生活的那个时代，所以我把这本书又拿了出来，和你分享它的故事，还有我对它的理解。

梭罗是个有法国血统的美国人，16岁就考进了哈佛大学，与著名的思想家、文学家、年长他14岁的爱默生保持着真挚的友情。他把爱默生当作自己的导师，追求回归本心，亲近自然，而且比起爱默生来，梭罗更愿意用行动来践行自己的理念。1845年，28岁的梭罗带着一把斧子，只身一人来到距离康科德两英里①外荒凉的瓦尔登湖畔，开始了像一个原始人那样的简单生活。他用很短的时间动手建造好了一个遮风避雨的小木屋，自耕自食，在这里隐居了两年零两个月。《瓦尔登湖》这本书，就是梭罗对自己这两年隐居生活所见所闻所悟的记录。

> 我到林中居住，因为我希望生活得从容一些，只面对基本的生活事实，看看是否能够学到生活要教给我的东西，不要等到死之将临时，发现自己没有生活过。我不想过不是生活的生活，也不希望过退隐的生活，我想要深深地生活，吸取生活的全部精髓。

梭罗的选择，很容易使我们想到中国古代的隐士，比如陶渊明。辞官的陶渊明有过长达20多年的隐居生活，但他和梭罗是不同的。人到中年的陶渊明，已经厌倦了一种生活，决心选择另一种生活，所谓"云无心而出岫，鸟倦飞而知还"。而年轻的梭

---

① 1英里≈1.609公里。

罗，是想做一场实验，弄清楚什么才是人们真正需要的生活。他
远离人群，以山水为伴，以动物为邻，自给自足。他计算了自己
造那间小木屋的支出，总共花了28块1毛2分5美金；他也计算了
他在隐居期间的收入和支出，得出了收支相抵后的差额。

很多时候，他一整天都坐在湖边，什么也不做，心中比较
着这样使用时间，与忙碌的追逐，究竟哪种更让人清明、愉悦。
尽管梭罗和陶渊明的出发点不同，但最后两人都获得了相近的感
受。陶渊明说："此中有真意，欲辨已忘言。"梭罗也发现，最
简单的生活才是最真实的生活。两年多的隐居体验，让他意识到
生活对物质的需要其实非常有限，而灵魂的必需品却无法用金钱
购买，多余的财物只能买多余的东西，于是到最后，他反倒同情
起了那些想买什么就买什么的富人们。

奢侈的有钱人看似富有，却是最为贫困的阶层，他
们积累了大量的低劣东西，但不知道如何使用或摆脱它
们，就这样，他们铸造了自己黄金或白银的桎梏。

梭罗崇尚简朴单纯的生活，追求精神的净化和富足。在自己

的隐居生活中，他扎扎实实地把自己融进了大自然，饱含深情地热爱着身边这一片湖水和周遭的一草一木。他可以耐心地观察湖边的一片叶子由绿转黄，静静地守候湖水结冰、融化的那一刻。梭罗认为，美的趣味最好在露天培养，再没有比自由地欣赏广阔的地平线更快活的了。

说梭罗是"大自然的挚爱者"也许还不够，他常常和大自然融为一体，他就是大自然的一部分。所以梭罗的研究专家哈丁说，《瓦尔登湖》这本书，至少有五种读法：第一，作为一部自然的书籍；第二，作为一部自力更生、简单生活的指南；第三，作为批评现代生活的一部讽刺作品；第四，作为一部文学名著，的确，这本书的文字是相当优美的；第五，作为一本神圣的书。也许你觉得神圣这两个字严重了点，但在一些人的心中，这本书确实有这样的地位。比如第一个把这本书翻译成中文的人，著名的散文家、写下了《哥德巴赫猜想》的徐迟，就是这样热情赞美这本书的："《瓦尔登湖》语语惊人，字字闪光，沁人心脾，动我衷肠。此书毫不晦涩，清澈见底，到了夜深人静，万籁无声之时，吟诵之下，不禁为之神往了。"

1847年的夏天快结束时，梭罗终止了自己的隐居生活，重新回归了社会。但他并没有第一时间写下自己的隐居感悟，而是直到七年后，才出版了这本《瓦尔登湖》。那几年，他一直在整理、沉淀自己的思路，他的严谨，对保证这本书的质量起到了关键的作用。不过《瓦尔登湖》问世以后，很长一段时间都是非常寂寞的。十九世纪上半叶，整个西方世界，都沉浸在资本主义和工业革命迅猛发展的狂欢中，人们对财富和金钱的追逐，正呈现出前所未有的热情，没有几个人愿意去听梭罗的唠叨。直到十九世纪末和二十世纪初，主流舆论才意识到梭罗思想的价值，开始热情赞美梭罗心中的那片湖水。对于同时代而言，梭罗无疑是太超前了。

再看看今天的中国，其实和一百年前的西方社会在某些方面何其相似。我们经历了几十年的经济高速增长，对物质和财富热烈追逐，诚然这一切都是那么必要，但确实也到了该慢下来想一想的时候。正是在这样一个历史节点上，《瓦尔登湖》的价值开始凸显。这本书有很多译本，我手上这个版本序言里有一段话，我觉得是说到点子上了。

我们总是匆匆忙忙，似乎要赶到哪里去，甚至连休假、旅游的时候也是急急忙忙地跑完地图上标上的所有风景点，到一处拍下几张照片，为的只是在朋友圈上炫示于人地晒一晒。我们很少停下来，停下来听听那风，看看那云，认一认草木，注视一个虫子的爬动。然而，梭罗却做到了。

——何怀宏《梭罗和他的湖》（《瓦尔登湖》代序）

我们到底需要什么？为了回答这个问题，一百多年前，美国人梭罗搞了一场寂寞的实验，出版了一本寂寞的书。他只活了45岁，他没有看到自己这场实验在自己的国家所造成的巨大影响，更不会想到，若干年后，在遥远的东方，又显示出了巨大的意义。难道，瓦尔登湖，仅仅只是梭罗自己的湖吗？

人类已成为了他们的工具的工具。

延伸阅读

————

《论公民的不服从义务》《马萨诸塞自然史》

和有温度的孔明同行

《文化不苦旅：重走诸葛亮北伐之路》/ 马伯庸

马伯庸，出生于内蒙古赤峰市，成长在
桂林，求学于上海，曾经留学新西兰数
年，也曾在一家外资企业工作。其文无
不奇思妙想，亦庄亦谐，庄而不致严肃，
谐而不致油滑。

历史的回响

可以在书中去感受

也可以上路去寻找

在这一刻

捧起书本

烹一杯香茗

开始一场穿越千年的心灵之旅

诸葛亮在中国人甚至东亚国家的人们心目中，确实被神化甚至多少有些被妖魔化了，这要拜《三国演义》之赐。鲁迅先生曾批评过罗贯中，说他写诸葛亮是"状诸葛之多智而近妖"。其实真实的诸葛亮，无论德行，还是能力，绝对可以跻身世界古代最优秀的政治家行列，他应该获得一个更真实准确也更加公允的评价。当年刘备进占四川，地盘是拿下来了，但内部派系林立，矛盾错综复杂。如果不是诸葛亮以强大的个人威望和巧妙的平衡能力，蜀汉政权，不可能绵延四十余年。而且成都在诸葛亮的治理之下，也是出现了空前的繁荣。看看左思引发洛阳纸贵的《蜀都赋》，就可想见当年成都的十里繁华。

市廛所会，万商之渊。列隧百重，罗肆巨千。赇货山积，纤丽星繁。都人士女，袨服靓妆。

——左思《蜀都赋》

今天，诸葛亮和李冰、扬雄、武则天、李白、杜甫等一起被评选为"四川省首批十大名人"，也是成都最具代表的文化符号之一。武侯祠之于成都，好比紫禁城之于北京，兵马俑之于西安，举世闻名。所以，套用钱穆先生在《国史大纲》里的名言，对于诸葛亮，我们"应该保持一份对过往历史的温情和敬意"。而《文化不苦旅——重走诸葛亮北伐之路》这本书，在我看来就是对诸葛亮饱含温情和敬意的诚恳之作。

这是江湖人称"马亲王"的马伯庸的心得之作。这位"80后"作家一直以"诸葛粉"自居，他出道的作品，就是以三国为背景的谍战小说《风起陇西》，当年是一炮而红。《文化不苦旅——重走诸葛亮北伐之路》，一看书名就明白，这不仅是一本写人文历史的作品，也是一篇游记。诸葛亮五伐中原，六出祁山，这是东汉末年分三国，最动人心魄、最让人感慨万千的一段历史。对于诸葛亮的这段经历，马伯庸借杜甫的《蜀相》，表达了自己的理解：

　　世人都说"出师未捷身先死，长使英雄泪满襟"是文眼，我倒觉得"三顾频烦天下计，两朝开济老臣心"才是真正读懂了诸葛亮的用心。

　　马伯庸一定是杜甫的知音，也绝对是诸葛亮的知音。为了感受那鞠躬尽瘁的"老臣之心"，他从成都出发，经剑阁、祁山、街亭最后至五丈原，将当年诸葛亮悲情的北伐之路重走了一遍。这样一趟地道的文化之旅，为什么被马伯庸冠以"不苦"两个字呢？

　　这本书，不是他在旅行结束后宅在家里苦苦写出的，而是在路上、在车上、在景点、在旅店，随时写文章，随时发微博。这一路走完，书也写完了。这本书，就是他一路博文的集结。几百万读者粉丝的追随，让马伯庸在随时记录自身感悟的同时，可以分分钟与读者互动，有人点个赞都够他乐半天的了，哪里会有苦可言？

　　诸葛亮的北伐之路，无论当时，还是现在，大多数人都认为这是以弱击强，明知不可为而为之。那为什么孔明先生要如此"一根筋"呢？马伯庸的理解很有意思：

这是一个关于责任的故事，为了完成一个承诺，他殚精竭虑，穷尽自己的智慧和精力，并愿意为之付出生命。这种精神，是真正贯穿整个北伐的魅力所在，同时也是让诸葛亮超越同时代所有人、名成千古的根本原因。

马伯庸提到的这个"承诺"，就是《出师表》。在这篇传诵千古的文章里，诸葛亮许下了北定中原，兴复汉室的承诺，然后义无反顾地叩开了出川之门。这份精神，可能于今天更有特别的意义。世人都认为成都是一座闲适之城，殊不知在成都人的历史血脉里，早有一诺千金、积极进取的文化传统，这样的事迹不胜枚举。

要说蜀军出川，历史上一共有五条通道：从东向西分别是子午道，大概相当于现在的G210国道；骆谷道，接近如今的G108国道；褒斜道与陈仓故道，与G316国道相差不远；最后一条，则是陇西大道。于是诸葛亮制霸全国的行动，就变成了一场点对点的猜心游戏。整个北伐策略就是：猜猜我会从五条通道中的哪一条过来打你？而曹魏的防御策略就变成了"打地鼠"：

你冒头试试，你敢冒头，看我能不能打到你。

历史的结局大家都很清楚：第一次诸葛亮就差点取胜，赵云从褒斜道走，引曹真中计去堵，结果诸葛亮主力从陇西大道出来，一口气连下三郡，如果不是马谡没有斩断曹魏援军，大局可定，历史的拐点，就是街亭。

在马伯庸的眼中，这里两侧是绵延不断的大山，中间则是一条宽六公里的凹槽。诸葛亮一生谨慎，唯一一次豪赌，就押在了这里，结果是悲壮地倒在了距离胜利最近的地方。后来……后来就是不断倒下，又不断站起，一连五次，谱写了一曲为理想而奋斗的壮绝哀歌。好在，诸葛亮最后虽输了天下，却赢得了人心。我们不妨来听一听后世同为名人的那些"诸葛粉"们点赞的声音："由僻陋而启雄图，出封疆以延大敌"，大唐宰相裴度如是说；"武侯立岷蜀，壮志吞咸京"，大诗人李白赞道；"崎岖巴汉间，屡以弱攻强"，北宋著名的改革家王安石感发。

我曾经在川陕交界的广元生活过将近三十年，周边好多三国遗迹和古战场，但年少无知，不曾写过游记，连有关的日记也未曾写过。不过，从小就随着长辈和街坊从明月峡的古栈道北上阳平关，当然也不止一次西去昭化古城，南登剑门关和翠云廊，去寻访诸葛亮和他的战友们的足迹。如果没有读到马伯庸的《文化不苦旅》，我对诸葛亮北伐的认识就还停留在《三国演义》的片段，也许不会有现在这般丰满和真切。

跟随着这位"80后"作家的旅行脚步和轻松写意的文字，我仿若也成为当年北伐的一员，走过那些荒村古道，最后拨开秦岭的山岚，直面汉水的千年奔流。一路走来，我在庞统、姜维、马超的墓前，感受那青冢黄昏，万古长歌。又一次踏上包括昭化在内的每一处古战场，遥想当年的金戈铁马，刀光剑影，正如马伯庸最后在书中写道：

　　他（诸葛亮）不再是史书上那一行行冷漠的描述，而是一个被无数细节构建出来的、活生生的人。我觉得诸葛丞相几乎已成为我的一位朋友。所谓的了解和尊重，大概就是如此吧。

如今乘高铁从成都出发，四小时内即可抵达西安。然而这样一段路程，诸葛亮竟走了一辈子，都还没有走到。传说丞相当年在五丈原七灯续命，可惜功亏一篑，如果他泉下有知，看到成都西安高铁贯通，他是羡慕呢，还是瞑目呢？

重走北伐路之后，马伯庸留下了四个字"不虚此行"。倘若我们真能做到读万卷书，行万里路，那我们也可以说：不虚此生。

延伸阅读

《风起陇西》《风雨〈洛神赋〉》《三国机密》《从〈机器猫〉看阶级斗争残酷本质》《寂静之城》

寻找精神的故乡

《闪开，让我歌唱八十年代》/ 张立宪

张立宪，著名出版人，作家，现任《读库》主编。以"老六"自称，参与创办《足球之夜》《生活资讯》等杂志。

　　我从八十年代走来

　　我的青春被八十年代的太阳和月亮照射过

　　我身上有着八十年代的记忆和魂魄

　　八十年代属于重新起步的中国

　　属于每一个中国人自己

　　他承接了七十年代的痛苦

　　开创了九十年代的辉煌

　　见证了那个年代所有人走过的脚步

　　现在的"80后"基本上都是我们这一代人的后代，我发现一个有趣的现象，这些八十年代诞生出来的新一辈，和我这种当年称为八十年代新一辈的人，居然没有代沟，至少不明显。比如说他们都知道我们八十年代公认的美女是谁，说到林青霞、邓丽君、翁美玲、刘晓庆，他们都知道；如果你问他知道"三转一响"是什么吗？"当然知道啦，自行车、手表、缝纫机——这是三转；一响，就是收音机，连'带咔嚓'都知道，是照相机"。现在虽然说手机都可以照相，但是当年的"带咔嚓"不是谁都有的。倒是我们对他们这一代人很多东西搞不懂了，我不知道他们心目中的美女是谁，他们在电子游戏里怎么去玩、怎么去驰骋、怎么去计算的。所以有时候跟他们争论某一个问题的时候，又争不赢他们，怎么办？我就只好拿出撒手锏来"对付"他们！

所谓撒手锏不外乎就是他们再也不能经历或者说是再也不可能触摸到的东西，比如八十年代大学毕业生是有工作保障、有稳定饭碗的，每个人自带憧憬、充满理想；那时候的诗人是很受尊重的一群人，甚至有些女青年不远千里去找她完全不认识的诗人，《人世间》的周蓉可以为一位诗人跑到贵州大山并且嫁给他；而最大的撒手锏是"你们现在还写信吗？"我工作以后每周都要和我同学通信，信中谈论的不是人生理想就是阅读的快乐。当然，我们越是向年轻人炫耀这些东西，越会有一种失落感。现在确实不需要写信了，最关键是我们好像连给亲人、给朋友写信的时间和心情都没有了。这一点现代人基本上是一样的，觉得写信是一件很奢侈的事情，也就是说我们都没有机会去享用这样一份奢侈了。八十年代表达青春与爱情的方式就是这样的，但离我们好像是越来越远。

《闪开，让我歌唱八十年代》共有12章记忆的碎片，可以说这是一部八十年代的"个人微观史"，没有涉及宏大叙事，也没有扯着嗓子喊"青春万岁"，有的是一些鸡毛蒜皮、星星点点的事情，从校园史、打架史讲到读书史等，用作者自己的话说，这是"向光荣的八十年代献上一曲朴素而喑哑的赞歌，先为自己轻狂仓促的青春期做一个留恋又抱歉的手势"。他在这本书里面的文笔恣意、诙谐，不造作，特好玩，经常会让我笑出声来，但也时常让我伤感得流眼泪。

　　那年头，海子可以从南走到北，又从白走到黑，在他的流浪岁月中，可以身上没有一分钱想去哪就去哪。据说他走进昌平的一家饭馆，开门见山说自己没钱，但可以给老板背诗换顿饭吃。老板说诗他听不懂，但他可以管诗人吃饭。

管诗人吃饭这个事我琢磨了好长时间，我在想他的深意到底是什么。张立宪这哥们儿虽说长了一张"武工队"的脸，但是他那心思之细之温暖，真是令人刮目相看。他那小调调特别有意思——"献给我那一点小小的渗入骨髓的忧伤"，这样的忧伤，体现在写信这件事的时候可能更令人唏嘘。

　　网络时代的爱情可以很方便地把想要说的话在瞬间

发出去，而不需要搜肠刮肚地，寻找最合适的表达，可以在几秒钟之内便得到对方的回复，而不需要等上一段时间，可以你一言我一语地往来，而不需要一口气写上几页纸，在等待对方同样细密而斟酌的倾诉。

《查令十字街84号》这本书是由几十封信组成，本书的中文译者陈建明说："我一直认为把手写的信件装入信封，填了地址，贴上邮票，旷日废时的投递的书信具有无可磨灭的魔力，其中的奥义便在于'距离'，或者该说是'等待'，等待对方的信件寄达，也等待自己的信件送达对方手中，我喜欢因不能立即传达而必须沉静耐心，句句寻思，字字落笔的过程，亦珍惜读着对方的前一封信，想着几日后对方读信时的景状和情绪。"

互联网把距离和等待都无情地粉碎了，以至于今天我们的友情、爱情、亲情都不需要靠信件来滋养，许多东西唾手可得、一键可获，连快递小哥慢了一分钟也难耐心面对。我想，我们失去的不仅是等待，不仅是耐心。

我无意去美化八十年代的一切，毕竟那时候物质还是相当匮乏，不是人人家里都有电视机，不是人人都能轻易坐飞机。但是它的确是一个轰然打开的大时代，充满了理想、朝气与多元的价值观。那是一代人，甚至说是这个国家的一次出发。

所以我们对八十年代的追忆不仅仅是出于一种所谓的"情结"，而是想寻找到一种精神的力量，让我们再一次整装上路。我收集了很多关于八十年代的书籍，包括摄影作品，应该说不是纯粹为了怀旧，而是觉得我们太容易淡忘了。有时候我们很轻易地把一个年代就翻过去，所以有人说，如今越来越多的人正在失去自己地理上的故乡，更不敢奢望会有精神上的故乡了，人们只管往前走，越走越远，就忘了当时为什么要出发。

那么解决这些问题的答案一定会有很多种，或许我们可以从《新周刊》这本有点像回忆录的书《我的故乡在八十年代》里面寻找到一部分答案。这本书采访了400位八十年代的启蒙者、艺术家、企业家、学者，有我们耳熟能详的崔健、北岛、王石、柳传志，这些人都是在那个年代横空出世的；还有引发了人生观大讨论的"人生的路怎么越走越窄"一文的作者潘晓，她是怎么样被炮制出来的，等等，这些八十年代鲜明的烙印在这本书里有清晰的记录。值得一提的是，这里面还记录了八十年代的人与"80后"的真诚对话，可以说是重新审视了一个时代和它潜在的影响力。读完这本书你会发现，也许八十年代会成为咱们中国人面对现实困局的一种新的动力。

八十年代短缺经济正在接近尾声，计划经济开始了某种形式的松动，生活方式在年轻人那里首先得到了召唤和响应，"一无所有"之后是不断的解禁，诗歌、文学、音乐全面复苏，出现了百花齐放的局面。

张立宪说一个人的青春在什么时候度过，那就是他最好的年代。面对八十年代，有时候我们被记忆虐待得叹息不已，有时候又会温暖得会心一笑：我们一直以为活的是未来，其实拥有的只有回忆。对了，在那个年代我还读到过一篇跟写信有关的文字，台湾作家陈佑启的这篇文章可以说是充满了忧郁和伤感，也算是一份渗透到骨髓的忧伤吧："那时候刚好下着雨，我白色风衣的大口袋里有一封要寄给南部的母亲的信，樱子说她可以撑伞过去帮我寄信，随着一阵拔尖的刹车声，樱子的一生轻轻地飞了起来，而那封信是这样写的：妈，我打算在下个月和樱子结婚。"

延伸阅读

————

《八十年代访谈录》

家书继世长

贰

大师也是真"暖男"

《胡适家书》/ 胡适

胡适（1891—1962），字适之。中国现
代思想家、文学家、哲学家。

他是大学家

也写小情调

他是大孝子

却也爱妻儿

一个新文化运动的贡献者

一个温润如玉的佳男子

刘文正和邓丽君当年唱《兰花草》的时候，不知他们是否关心过这首歌的歌词是谁写的。当我知道这歌词居然是胡适先生的作品时，我被愕得一愣一愣的。胡适，这位民国时期的大师，是一位饱受争议的人物，无论是他的著作还是思想言论，一直以来都有正反评价。我不打算探讨这些，只想聊聊生活中的胡适。

先说说《兰花草》的歌词是怎么来的。1921年夏天，胡适的好朋友、民国政府首任总理熊希龄送给他一盆兰花草，胡适很喜欢，读书写作之余精心照看，但直到秋天，这盆兰花草也没有开出花来，于是胡适有感而发写了一首小诗《希望》，"我从山中来，带着兰花草，种在小园中，希望开花好"。可以想见，胡适在生活中是一个很有情致的人。

作为一个普通人的胡适，究竟是什么样的呢？我想，咱们可以从《胡适家书》中找到答案。这本书收录了1907年到1938年间胡适写给自己母亲、妻儿和亲戚的信件。作为一个男人，在家庭中，胡适既是儿子又是丈夫，还是父亲，这么多角色之间的扮演和转换，胡适处理得怎么样呢？阅读这些事无巨细、情真意切的文字，我们不难发现胡适对于家人的那份真挚情感：对母至孝，对妻至诚，对儿至怀。

胡适是出了名的孝子。由于父亲死得早，胡适从小是由自己的母亲冯顺弟拉扯大的。冯顺弟很了不起，她没什么文化，但对胡适的教育却十分重视，倾尽所有给胡适提供最好的教育。胡适一直心怀感恩，他曾在《我的母亲》中写道："我十四岁就离开她了，在这广漠的人海里独自混了二十多年，没有一个人管束过我，如果我学得了一丝一毫的好脾气，如果我学得了一点点待人接物的和气，如果我能宽恕人，体谅人，——我都得感谢我的慈母。"在他赴美留学以及归国后在北大任教期间，写给老家母亲的书信一直没有断过。在这本家书中，胡适给母亲冯顺弟的信几乎占了一半。阅读这些书信，能让我们真切感受到胡适对母亲的那份关怀和孝顺。

　　吾母：今夜歇晏公塘，天色尚早，写了一封长信与节甫叔公，托其代买琼玉膏两斤，此膏泽舟先生言甚合吾母病体，买到时，望问泽翁如何服法，如服之有效，不妨再买。吾母病体不宜太劳，望千万调养调养，勿太劳，若泽舟之药既有效，望多服几帖，可时时再请其来诊看，望吾母千万勿惜小费以添儿子之远虑也。

适儿，十六日夜

　　说到胡适的婚姻，坊间的议论很多，因为这段婚姻属于典型的包办婚姻，胡适与江冬秀可以说是两个世界的人。胡适爱好读书，才高八斗，江冬秀却是个半文盲，平时的爱好都在麻将桌上，这样门不当户不对的婚姻能长久吗？但出人意料的是，虽说坊间传说胡适在与江冬秀结婚前后，曾经和美国姑娘韦莲丝以及自己的表妹曹诚英有过种种瓜葛，两人却一直没有离婚。对于妻子江冬秀，胡适深知不能成为灵魂上的伴侣，但他也体现出了一份做丈夫的诚意，而这份诚意在给江冬秀的书信中展现得淋漓尽致。

冬秀：你自己也许不知道我临走那时候的难过，为了我替志摩、小曼做媒的事，你已经吵了几回了，你为什么到了我临走的下半天还要教训我，还要当了慰慈、孟录的面给我不好过？我不愿把这件事记在心里，所以现在对你说开了，就算完了，你不怪我说这话吗？你知道我个人最难过的是把不高兴的事放在心里，现在说了，就没有事了。

适之　七月二十六日

江冬秀虽说没有什么文化，但作为一个家庭主妇还是合格的。她无微不至地照顾胡适，并把这个家打理得井井有条，就这样，胡适继续做着他的学问，江冬秀继续打着她的麻将，这场婚姻，从1917年开始到1962年胡适在台湾病逝，一共延续了45年，一对看起来并不般配的夫妻在一起厮守了近半个世纪。

书中除了胡适写给母亲和妻子的信，还有一些是写给自己的孩子的。说到孩子也挺有意思，胡适一直提倡"无后主义"的人生观，就是不要孩子。可是和江冬秀结婚一年后，大儿子胡祖望就出生了，四年时间里，这位没有文化的农村妇女给胡适生了两儿一女。胡适只好感叹道："无后主义的招牌，于今挂不起来了。"虽然稀里糊涂地做了父亲，但做父亲的责任丝毫没有推卸。胡适是个大忙人，年复一年地忙于他的事业，在教育孩子这个问题上更多是通过书信的形式。虽说曾一度坚持"无后主义"，但在这本《胡适家书》中你会发现，当自己真有了孩子以后，他成了典型的"父亲主义"。

　　祖望：你这么小小年纪，就离开家庭，你妈和我都很难过，但我们为你想，离开家庭是最好办法，第一使你操练独立的生活，第二使你操练合群的生活，第三使你自己感觉用功的必要。你不是笨人，工课应该做得好，但你要知道，世上比你聪明的人多得很，你若不用功，成绩一定落后。工课要考最优等，品行要列最优等，做人要做最上等的人，这才是有志气的孩子，但志气要放在心里，要放在工夫里，千万不可放在嘴上，千万不可摆在脸上。无论你的志气怎样高，对人切不可骄傲，无论你成绩怎么好，待人总要谦虚和气。你越谦虚和气，人家越敬你爱你，你越骄傲，人家越恨你，越瞧不起你。儿子，你不在家中，我们时时想念你，你自己要保重身体。

爸爸　十八年八月二十六夜

从这些饱含真情和关怀备至的家书中，我们能真切地感受到胡适那份沉甸甸的父爱。再伟大的人，在家人眼里也只是个过日子的普通人。不管是写给母亲、妻子，还是写给孩子，我们都能感受到一代大师胡适作为一个平凡人的感情世界。他不再是高高在上、遥不可及的大人物，就只是一个处理家长里短的普通男人，我们从另一个侧面看到了一个完全不一样的胡适，一个更真实的胡适。

延伸阅读
————

《白话文学史》《中国哲学史》《尝试集》《中国哲学史大纲》

困苦中求快活，才是会打算盘

《梁启超家书》/ 梁启超

梁启超（1873—1929），籍贯广东省广州府新会县（今广东省江门市）。清朝光绪年间举人，中国近代思想家、政治家、教育家、史学家、文学家，戊戌变法（百日维新）领袖之一，中国近代维新派、新法家代表人物。

振聋发聩的

是说给中国人听的少年说

暖如春风的

是写给众子女的封封信函

严肃冷峻的面孔下

有一副亲爱子女的热衷肠

我不知道现在的年轻人收到家人的信会是一种什么样的心情，可能根本就没有这个机会，因为这不是一个提笔写信的时代。梁启超在1912年至1928年间给子女们写了上百封书信，成为令人羡慕又令人唏嘘的事情。

梁启超育有九个子女，个个成才，都是了不起的专家，其中梁思成、梁思永和梁思礼三人还是中国科学院的院士。一门三院士，九子皆才俊，这样的家庭在中国历史上可以说非常罕见。他在和子女沟通过程中，不是我们传统意义上那种父辈对子女的态度，在《梁启超家书》中你就能感受到，没有居高临下的口气，没有疾言厉色的教训，反而处处流露着细致的关怀，真诚的告白。有意思的是梁启超对于自己孩子的称呼，看上去很嗲——称呼大女儿梁思顺为"宝贝思顺"，最小的梁思礼为"老

baby", 这种在今天看来都有点肉麻的称呼, 正体现出了梁启超和孩子们之间平等交流的关系。

> 宝贝思顺: 我现在就上车回家了, 明天晚上就和你妈妈、弟弟妹妹们在一块了, 现在很想你。几个月没有饮酒了, 回家两天就是你妈妈生日, 我想破戒饮一回, 你答应不答应?
>
> 爹爹, 民国十二年一月十五日

> 宝贝思顺, 小宝贝庄庄: 你们走后, 我很寂寞, 当晚带着忠忠听了一次歌剧, 第二日整整睡了十三个钟头起来, 还是无聊无赖, 几次往床上睡, 被阿时、忠忠拉起来, 打了几圈牌, 不到十点又睡了, 又睡十个多钟头。思顺离开我多次了, 所以倒不觉怎样, 庄庄这几个月来天天挨着我, 一旦远行, 我心里着实有点难过, 但为你成就学业起见, 不能不忍耐这几年。
>
> 民国十四年四月十七日

这些有趣甚至带点撒娇味道的文字，很难想象是出自梁启超这样的政治家、思想家之手。和子女做知心的朋友，诚恳地交流，这是梁启超教育子女的一大特点。不过虽说以朋友相称，但作为父亲，梁启超并没忘记引导教育孩子的责任。在家书中，他常常叮嘱孩子们要把个人努力和对社会的贡献紧密联系在一起，以报效祖国。梁启超一生都在为国家的前途和命运苦苦求索，这样的家国情怀，他也传承给了孩子们。梁启超的九个孩子，有七个留学海外，皆学有所成，但无一例外，最终都回到了祖国，这无疑是对梁启超爱国家风良好传承的最好证明。

致思顺书：总要在社会上常常尽力，才不愧为我之爱儿。人生在世，常要思报社会之恩，因自己地位做的一分是一分，便人人都有事可做了。

民国八年十二月二日

致孩子们书：关于思成毕业后的立身，我近几个月来颇有点盘算，姑且提出来供你们参考，论理毕业后回来替祖国服务，是人人共有的道德责任，但以中国现情而论，在最近的将来，几年以内敢说绝无发展自己所学的余地，连我还不知道能在国内安居几时呢？你们回来有什么事可以做呢？这话像是"非爱国的"，其实也不然，你们若能于建筑美术上实有创造能力，开出一种"并综中西"的宗派，就先在美国试验起来，若能成功，则发挥本国光荣，便是替祖国尽了无上义务。旧病虽不时续发，但比前一个月好些，大概这病总是不要紧的，你们不必忧虑。

爹爹，五月二十六日

　　这封写于1927年5月26日的家书，距梁启超离世不到两年时间，当时梁启超的身体状况已很糟糕，困扰他多年的尿血症一直反反复复，不见好转。即使饱受病痛折磨，他最关心的还是国家的命运，梁启超多次在书信中向子女们强调，读书的目的就是报效祖国。正所谓"少年强则国强"，这是梁启超最著名的一句话。而最终如他如愿，家族满门俊秀，很多都是国家栋梁之才。一生家国梦，几代赤子心，梁启超泉下有知的话，定会十分欣慰。不过我们也要看到，相比于在社会上、事业上取得成就，梁启超更看重的是孩子们在品德、性情方面的修养。在他的眼中，子女能取得多大的成就，远没有成为一个怎样的人重要。所以当他一旦觉得孩子们有可能在这方面出问题时，都是立即毫不隐讳地指出和教导。

　　致思顺书：你和希哲都是寒士家风出身，总不要坏自己家门本色，才能给孩子们以磨练人格的机会。生当乱世，要吃得苦，才能站得住，一个人在物质上的享用，只要能维持着生命便够了，至于快乐与否，全不是物质上可以支配，能在困苦中求快活，才真是会打算盘哩。

民国十六年五月十三日

　　给孩子们书：关于思成学业，我有点意见，我怕你因所学太专门之故，把生活也弄成近于单调。太单调的生活，容易厌倦，厌倦即为苦恼，乃至堕落之根源。凡做学问总要"猛火熬"和"慢火炖"两种工作，循环交互着用去，在慢火炖的时候才能令所熬的起消化作用，融洽而实有诸己。

爹爹，八月二十九日

看出来没有，梁启超对子女们的教育方式就是真正的素质教育。他曾告诫年轻人，"你如果做成一个人，智识自然是越多越好；你如果做不成一个人，智识却是越多越坏"。梁启超所谓的人才，应该是不以成败得失而论，不以文凭学历而论，而是自身葆有一种坚毅的、愉悦的、高尚的人性品格。现在我们一直在强调素质教育，如何做到真正的素质教育？梁启超的教育理念可以借鉴。我自己也是一位父亲，看了这本《梁启超家书》，说实话感到惭愧，我们这代人几乎没有明确的素质教育的意识。现在一些年轻的父母总说自己忙，没时间多陪孩子，把孩子的教育问题推给老师，推给学校或各种补习班，而忽略了家庭教育的重要性。在这一点上，百年前的梁启超为我们，包括更年轻一代为人父为人母的人，做了一个相当好的垂范。捧读此书，相信你一定会获益良多。

延伸阅读

———

《变法通议》《中国文化史》《饮冰室合集》《中国近三百年学术史》《敬业与乐业》

读懂父辈乃一生责任

《谢觉哉家书》/ 谢觉哉著，谢飞编选

谢觉哉（1884—1971），湖南宁乡人，
中国共产党优秀党员，"延安五老"之
一，"长征四老"之一，新中国司法制
度的奠基者之一，著名的法学家和教育
家，杰出的社会活动家。

　　为党献身常汲汲

　　与民谋利更孜孜

　　身居高位不忘本

　　后辈敬意更深沉

　　谢飞导演的电影《本命年》获得了柏林电影节银熊奖，这是中国电影史上里程碑式的作品。在谢飞七十多岁的时候，他试着去收集整理父亲的日记、家信，然后编了这样一本《谢觉哉家书》。谢飞从小和自己的父亲谢觉哉分多聚少，一直觉得父亲离他很远，他希望尽自己最大的努力读懂自己的父亲，读懂这位被人尊称为"延安五老"①之一的人。

　　谢飞说，写信是父亲一生重要的生活方式，养育儿孙是他家里的主要内容。正如父亲所言，生而有养、养儿有教是为父母之道。《谢觉哉家书》一共收录了100多封信件，不过这些家信不是只写给一个家的，而是两个，因为谢觉哉有两位太太，这样的情况在那个时代比较普遍。谢觉哉的结发妻叫何敦秀，他们之间的婚姻是典型的旧中国农村的传统婚姻，他们

---

① 延安时期人们尊称董必武、林伯渠、徐特立、谢觉哉、吴玉章五位老同志为"延安五老"。

在一起生活了21年，育有四男三女，从1920年谢觉哉离开老家参加革命之后他们就几乎再没见过面；与第二任妻子王定国的婚姻是组织安排的，他俩年龄相差近29岁，王定国24岁，谢觉哉53岁，组成家庭后又生育了五男二女。俩妻子，14个孩子，处理这么复杂的家庭关系确实很难，但在那个特殊的年代，谢觉哉通过自己的理智、温情，使这两个家庭、两任妻子之间互敬互重，和谐相处。当新中国成立后，谢觉哉在北京已和王定国成了家并育有了子女，他给原配夫人何敦秀写了这么一封信：

你几次来信，提到要求来北京的话，我都没有回答。因为你的信很生气，我怕一答复，你的气更大。近来你的气似乎平了些，所以我想和你说说。我的意见，你不来北京为好，理由如下：我们离开了二十多年，我在外又有了家。你如来，很不好处置，要发生纠纷。现是新世界，和旧世界不一样。你我都是上七十的人了，经不起烦恼，对我不好，对你也不好。你现在的眼睛，不要望着我，要望着孙子们，他们才是有前途的。至于我和你，估计在世上不很久了，我们的希望，就是后代。我们不是再不能见面了吗？不是的。我并非有下决心不回湖南。不过要有事才能回来，不能专为回来而回来。因为我们是以身许国的共产党人。

对于何敦秀，谢觉哉一直是心怀感激并有些歉意的，因此即使是在和王定国结婚生子后，他也一直保持着与何敦秀的通信，在书信中称"你永远是我的夫人"。谢觉哉写完上面这封信的几年后，80高龄的何敦秀被她的儿子谢放接到北京居住，谢觉哉和王定国还请她到家里做过客，更多次去看望她。而何敦秀也曾经很真诚地对王定国说："感谢你把谢胡子照顾得这么好。"1967年，88岁的何敦秀去世后，王定国又亲自过去帮助料理后事。三位老者，平和、理性地处理了战争年代留给他们的难题，可以说令后辈们由衷赞赏和感叹。

除了写给妻子的信，《谢觉哉家书》中更多的内容还是谢觉哉写给孩子们的家信，同样由于两个家庭的原因，谢觉哉写给孩子们的信件内容也不尽相同。由于老家湖南的孩子年龄要大很多，谢觉哉更多是在信中教导他们工作上要踏实努力，勤奋认真；而对于他和王定国的孩子们，由于当时年龄偏小，他更多是在学习和品德教育上提要求，先看他写给湖南老家的儿子谢子谷的：

> 子谷：你有意把学校搞好，不在困难面前屈服是对的，但要我们打电给郭专员关顾，就不对。公事公办，中央土地改革法规定，凡靠土地收入办的公族学，人民政府应替他筹办法，但不能那处多，那处少，如说有情面，就必然办得不好。至于你那学校的情况，在于自己说明，说过了分，不对，说得不足，也不对。盼你努力。

再看看写给他和王定国的七个孩子的：

> 自己的东西，要自己清理保存。衣服书籍是自己要用的。教科书、作业本、学校给的记分簿、奖状、证书等，是自己用过功得到的，别人拿了没用，在你们自己则是宝贝。要文理通顺，词能达意，不是一件很容易的事，当然也不很难。不管写甚么东西，要想想写通了没有？人家看得懂不？如有毛病，就得修改。字要写得清

楚，容易看。不要使人猜，甚至还猜不出，那是很坏的习气。

二十世纪五十年代，谢觉哉已经身居高位，是中央人民政府内务部部长了，事务相当繁忙，但他仍然没有放松家教，对孩子们在学习上和工作上的很多细节，他都会严格要求；湖南老家的儿子想让他在工作上给些照顾，谢觉哉是断然拒绝，因为在他看来，他这个官是人民的官，是为国家、为人民谋利益的。

翻看这些家书也能发现，谢觉哉随时随地都在关心着湖南老家的社会经济情况，虽然是中央的一名高官，却多次主动给老家湖南宁乡县的相关干部写信了解当地的具体情况。读着他的这些文字，一个体察民情、平易近人的慈祥老人形象跃然于我们面前。1960年，他给湖南宁乡县县委书记李学良写了这样一封信：

学良同志：我颇爱谈养猪的事，你信说今年猪在原有存栏猪六十万头的基础上计划增加到二百万头，现在年度剩下不多了，已经达到多少头？你和润清来信都没有提到新汐河的事——这件改造自然的大事。估计新汐河的工程定有很多困难，也许要出点麻烦，但工程完成，应是人民永久之利。中秋过了，水稻大体收完，是丰还是歉，或某些地方丰某些地方歉？因而关系到明年生产和生活的安排问题。我不要求你专为我复信，因为你们工作太忙，如有现成文件，叫人剪一段给我就可以了。

"为党献身常汲汲，与民谋利更孜孜"，这是延安时期人们向谢觉哉祝寿时赠送他的诗句，也是谢觉哉革命一生最真实的写照。作为身居高位的国家干部，通过书信，谢觉哉踏实认真地完成着自己的工作，而作为家里的丈夫，父亲，同样通过书信，谢觉哉把各种关系处理得井井有条。

谢飞后来回忆，谢觉哉给他的印象一直是一个慈祥老人的模样，要知道，谢飞和他的父亲相差58岁。对于自己的父亲，谢飞曾感叹，"自己是个不肖子孙，到了72岁，才开始真正尽孝，了解起自己的父亲来"。不过我们还是要感谢谢飞，正是得益于他的努力，我们现在才能看到这样一本厚实的《谢觉哉家书》，了解一个更为真实的谢觉哉，正如这本书开头说的那样，"父辈们虽然早已离去，但了解父辈们的足迹与悲欢，是后辈的责任与敬意"。

延伸阅读

————

《谢觉哉文集》

无一日不读书

《曾文正公家书》/ 曾国藩

曾国藩（1811—1872），晚清时期政
治家、战略家、理学家、文学家、书法
家，清末汉族地主武装湘军的首领。

他备受争议，莫衷一是

有人说他是"中兴第一名臣"

也有人骂他"卖国贼"

无论欣赏他的人还是鄙视他的人

都对他的家书家风推崇备至

因为这些记录家常的书信集

是一部蕴含着为人处世、持家教子的人生智慧书

毛泽东眼光很高，历朝历代的帝王将相他基本上都没放在眼里，哪怕一代天骄成吉思汗，也就只是搭弓射鸟的一介武夫。那么他有没有佩服的人呢？还真有，他年轻的时候就说过"愚于近人，独服曾文正"。而毛泽东很喜欢读的一本书，就是《曾文正公家书》，现在在韶山"毛泽东同志纪念馆"还收藏着他当年读过的一个版本，甚至在延安，他还建议党员干部都要读这本书。毛泽东在曾国藩身上学到很多东西，其他不说，他在井冈山训练红军的时候写过一首军歌《三大纪律八项注意》，我们小时候都会唱，"革命军人各个要牢记，第一一切行动听指挥，第二不拿群众一针一线……"再往前推几十年，曾国藩也写过一首著名的军歌，叫《爱民歌》，"三军个个仔细听，行军先要爱百姓。第

一扎营不要懒，莫走人家取门板"，从门板到针线，你发现没有，这里面是有传承关系的。我们称呼解放军叫"子弟兵"对吧，这是曾国藩打造他自己的湘军时提出来的概念——子弟兵，是我们自己的队伍。

更有意思的是，毛泽东的对手蒋介石，对曾国藩也是崇拜得一塌糊涂。蒋介石一生研读曾国藩著作，而且把它作为修身行事的准则，其他不说，单是常年坚持写日记这事儿，就是崇拜曾国藩的一个结果；尤其是他的"中正剑"，那就是"涤生刀"的翻版啊！涤生是曾国藩的号，涤生刀是以曾国藩名字命名的腰刀，这是专门用来鼓励忠心耿耿、作战勇敢的将士的，蒋介石给黄埔军校学生和作战有功将士颁发"中正剑"，是一种随身短剑，也起一个激励和凝聚人心的作用。

除了这两位铁杆粉丝之外，近代中国人，从李鸿章到袁世凯，从梁启超到陈独秀，没有不服曾国藩的，以至于到现在民间还流传一句话："经商要学胡雪岩，做官要学曾国藩。"但问题是，曾国藩这么一个读书很笨的笨小孩，年轻的时候还小心眼儿、浮夸好色（专门跑人家里看人家的漂亮媳妇），凭什么这么受人爱戴？他真的是人们说的"古今第一完人"吗？我觉得，他真不是什么完人，老话说"人无完人"，但是，他一直在追求完美！他之所以能成为有史以来少有的杰出人物，这和他不断反思、不断学习有很大关系，是这种"自我教育"让他的一生令人崇敬。难得的是他把自己所思所经历的心得都记下来了，在日记里、在家书里，形成了传世的家训。超级铁杆粉丝梁启超说："彼其所言，字字皆得之阅历，而切于实际，故其亲切有味，资吾侪当前之受用者，非唐宋以后儒先之言所能逮也。"

曾国藩不说空话，是个靠谱的人，这一点超过了唐宋以来一些大咖。他的阅历，令后代人终身受益。所以，如果从这个意义上来审视曾国藩家书的历史地位和价值，《曾文正公家书》就是曾国藩家训的精华，是中国传统儒家教育思想的体现，讲的就是做人的道理，是修身齐家的非常好的教材。

我们说曾国藩之所以能从一个笨小孩成为一代大儒，和他以儒学作为毕生的信仰和信念是分不开的。而支撑他人生信仰和信念的基本力量，就是"读书"。曾国藩除了自己"无一日不读书"，他在家训中有一个重要纲领，就是"耕读传家"，所以他在教育后代的过程当中，也把读书当成最主要的事。

　　吾不望代代得富贵，但愿代代有秀才，秀才者，读书之种子也。

　　有钱未必都是好事，只求家里有秀才、有读书人，这是诗书继世、耕读持家的源泉。曾国藩年轻时虽然不聪明，但非常好学，属于"笨鸟先飞"型，勤能补拙嘛，所以他二十来岁就考取了秀才。不过，明清两代科举难度之大，读过《范进中举》就知道。曾国藩后来参加"全国高考"的时候落榜了，虽心情郁闷，但他随遇而安，没有灰头土脸直接回家，而是利用从京城回家的机会，来了一次江南自由行。不过这孩子毕竟是个穷秀才，游到半道上，没钱了。最后还是在老爸的朋友那里借了一百两银子，才走到了金陵（今南京），金陵真的是"佳丽遍地"，很快，这一百两银子一下就花光了。曾国藩是个很节俭的人，他一生不爱钱、不聚财，即使后来当了中央领导也不乱花钱，连儿子结婚、女儿出嫁都省得不得了，这一百两银子怎么这么快就没了呢？他把钱拿去买书了——曾国藩唯独在买书这件事上肯花钱，读书更是疯狂到读瞎了一只眼睛的程度。当时曾国藩在南京的书店里看中一部精刻的《二十三史》，非常喜欢，但是价格正好是一百两银子，曾国藩好说歹说也没把价砍下来，但是又太喜欢，一咬牙，拿下！

回家路上他就忐忑不安了：没考上"大学"，还把借的一百两银子全花完了，他是"近乡情更怯"。但是出乎意料的是，他老爹不仅没有责备，反而鼓励他说："你借钱买书是好事，我愿意为你还这些钱，但是有一个条件，希望你不要忘记初心，细心研读。"父亲的话既是激励也是压力，从此曾国藩闭门不出，发愤读书，立下誓言"嗣后每日点十页，间断就是不孝"，这就是他"无一日不读书"的开始，他发誓：如果买了书不读，我就是一畜生！然后他用了近两年的时间读完了这部《二十三史》。

> 士人读书，第一要有志向，第二要有见识，第三要有恒心。有志向才能不甘下流，有见识才能学无止境，不敢稍有自满，有恒心则无不成之事。

曾国藩后来成了湖南曾家第一个考中进士的人，也成为清朝洋务运动的第一人。

我也喜欢买书，买回来以后有些也就是翻翻，就放书架上了，没有曾国藩那股子狠劲。就曾国藩买书、读书这件事可以看出来：长辈的言传身教才是大德，他遇到一个很不一般的父亲，父亲的宽宏，让他对自己儿子也宽宏。曾国藩的父亲考了一辈子科举都没成，但是对曾国藩多次落榜、借钱买书的事完全宽宏。曾国藩对自己的儿子曾纪泽也同样宽宏。曾纪泽从小也喜欢读书，但是他只参加了一次科举考试后就不考了。要知道那个时代"学而优则仕"，只有通过科举才有机会进入干部队伍、去当领导。曾国藩是科举出身，他会同意孩子的选择吗？

听儿子说不考了，他的答案是：不考就不考！还问他想学什么？儿子说，西方社会科学。当时了解西学的人不多，曾国藩更是不懂，但是他支持儿子这么干。后来曾纪泽成为早期少数了解西方的人，成为晚清著名外交家。大清的军舰"致远""靖远"就是他订造回来的。他还创作了中国历史上第一首国歌《普天乐》。所以说，家风是传承下来的，家训如果没有身体力行，只是背诵，或者把它挂在墙上作标语，你说用处会有多大呢？曾国藩说读书可以改变命运，绝不只是为了应付科举。

　　吾辈读书只有两事，一者进德之事，以图无忝所生；一者修业之事，以图自卫其身。

一是进德，可以帮助人树立人生信仰，曾国藩处逆境不惊就因为有强大的儒学信仰，信仰的培养就得靠读书，人生观、价值观的塑造就得靠读书；二是要在社会立足，要有特长有专业，得靠读书，才能形成立足根本。他还说："人之气质由于天生，本难改变。唯读书可以变其气质。"这不就是我们常说的"腹有诗书气自华"吗？

延伸阅读

————

《曾文正公全集》《治学论道之经》《持家教子之术》《冰鉴》

修身齐家看家族兴衰

《家世》/余世存

余世存，诗人、学者。毕业于北京大学中文系。曾任《战略与管理》执行主编，《科学时报》助理总编辑。主持"当代汉语贡献奖"十年之久。被称为"当代中国最富有思想冲击力、最具有历史使命感和知识分子气质的思想者之一"。

从古至今

家风家教都是考量一个人品德的重要维度

哪怕人在江湖

体现出来的无不是家世精神

找寻被遗忘了的大家风范

回味家族的精英传奇

感受百年家国情怀中的个体命运

追求各美其美、美人之美、美美与共的人生感悟

　　余世存在这本书里夹带了一幅字条，字写得一般，但"家世"旁边的小字可就太好了——"几百年人家无非积善，第一等好事只是读书"，六个字简言之，就是做善事，读好书。字写得好不好不重要，关键是如何去领悟它并用心做到。在"家世"旁边还有一行小字"积善之家必有余庆"，这话出自《易经》，原文后面应该还有一句"积不善之家，必有余殃"，简言之，和"善有善报，恶有恶报"大概是一个意思。从这个因果观念我们是不是可以推演出中国几千年来的教育目标——教人如何做一好人、做一完人。

　　《家世》里讲了17个家族的家史，既有名门望族，如蒋介

石家族、南怀瑾家族、罗斯柴尔德家族，也有他自己及朋友的家族，来阐释在中国当代家族的构建过程中，政治、家族核心人物、天资禀赋、格局风范以及追寻传统等因素之间的相互联系。也许我们可以从中窥探到一些有用的东西，余世存把宋耀如的家教总结成"做伟大人才"，行为决定命运；一代完美之人卢作孚的家风是"创造而非享受幸福"，让孩子不要当败家子；梁漱溟的家教是"直道而行"，要求下一代不要成为只顾自己的人，在人生道路上不趋于低俗，在见识上不流于轻薄。

通过《家世》他提出了这样一个问题：在中国社会的家族面前，你是失教的吗，是缺家教的吗，你能总结出自己的家风家教吗，你给社会或孩子提供了什么样的言传身教，给自己养育了什么样的品质？余世存曾在媒体前直言："我觉得我们当下社会有点失序，或者说很多人有点失教。就是我们老百姓骂人或批评人，骂得最狠的一句话，你这个人缺家教。"

在《家世》中他着墨最多、篇幅最长的是蒋家"两代王朝、五世而斩的家族命运"，蒋家（母亲）的家训就八个字："孝悌忠信，礼义廉耻"。余世存用浓墨重彩表达了家族的正面功能，注重培养人的正直、华贵、积德行善等品性；同时他也指出了家族教育的缺陷，如有的家族虚荣拜金，有的家族

"太上忘情"。

中国有句老话"富不过三代"，简直就是中国富人的一句"咒语"，中国的家族一旦到了第三代、第四代，发展壮大之后，不少问题便凸显出来了。看了这些人的家世，你或许就会了解这句"咒语"的魔力在哪里。

《家世》第一个出场的是名门望族宋家，从宋耀如、倪桂珍夫妇，到宋霭龄、宋庆龄、宋美龄、宋子文，都可圈可点。这个家族有一种强悍的生命力，这种生命力绝不缺少人生的深度和重量，也不缺乏对外界的接纳和弘扬。宋耀如平时很忙，忙实业、忙革命，不比咱们现在的企业家轻松，但他从未忽略自己的家庭责任。无论事务如何忙碌，他一回到家就跟孩子们打成一片，一起游戏，享天伦之乐，同时，对孩子进行潜移默化的教育。

在送女儿去美国留学时，他对孩子们说："爸爸要你们到美国去，不是让你们去看西洋景，而是要将你们造就为不平凡的人。这是一条艰苦的、荆棘丛生的路，要准备付出代价。不管多么艰苦，都不能终止你们的追求。"

但他和夫人又从不溺爱孩子，"文明其精神、野蛮其体魄"，宋耀如夫妇对孩子们实行近乎严苛的生存训练和意志训练，带着孩子们顶风冒雨，忍饥挨饿，在野外徒步跋涉，以此锻炼孩子们对环境的适应能力。

余世存在《家世》里所讨论的多是大家族的故事，但无论家庭大小，其实家家户户都有自己的家风。你天天玩麻将，不管孩子的学习和进步，这也是一种家风，这是不好的家风。我身边有不少年轻的父母，他们也开始用自己认为最有效、最直接的方式来实施家庭教育。

我有一位刘姓朋友，前些年在青海结束了志愿者服务之后，他就带自己的孩子绕青海湖骑自行车。儿子才十一岁，要用三天的时间骑完，这任务挺艰巨。他的目的很明确，他想通过这种极端的辛劳，让孩子知道这个世界是立体的，不仅只有你看到的舒适豪华的生活，更有贫苦阶层的艰辛，要去了解不同的命运、不同的活法。骑到最后一天，父子俩到一个垭口的时候，已经是体力到达极限了。垭口正刮着大风，完全骑不动了，俩人跟面条似的瘫在那儿。这时候刘兄喘着粗气对孩子说："这辈子爸爸一定努力，买一个劳斯莱斯，咱们开劳斯莱斯。"这刘兄用代表财富和舒适的劳斯莱斯，来碰撞眼下体力到极致低谷的儿子的神经。你猜孩子说什么，"劳斯莱斯有什么用啊，我们还是骑车走吧"。那刻刘兄非常欣慰，孩子的回答基本上符合他的预期：第一，远水不解近渴；第二，空想不如实干；第三，钱财并非万能。劳斯莱斯是财富的代表，但儿子却对它的作用表现出质疑，这一点，非常难能可贵，人生最重要的，应该是品质和精神。他很满意，这孩子落地了，接地气了。而且他说，孩子的话对他这个当爸的，也是一个提示，让他对身外之物也有了一个更加客观的感悟。所以说家风家教不仅是上对下单向的灌输，也可以是一个家庭相互之间的感染。

我们不妨尝试做一件事：我们也来梳理一下自己的家风，动动笔，把家里好的家风家教记录下来，然后传承下去，这是一份了不起的精神遗产，不比给孩子留下多少房产、多少钱差，尤其是老辈子那里的人生经历和感悟，把它记录下来，做你的传家宝。如果你做了，只有好处没有坏处，如果不做，可能机会就越来越少了。

我前面推荐过一本书《卢作孚箴言录》。卢先生是了不起的一个人，他被很多人称为没有道德缺陷的完人，在海尔集团的张瑞敏心目中"可谓是高山仰止"。卢作孚创立了庞大的商业帝国，很有钱，但是卢作孚一生都过得很俭朴，他从不乱花一分钱，家里没有一件像样的家具。卢作孚的长孙女卢晓蓉用了最精练的语言总结卢家的家风家教，她说："卢家没有出败家的人，是因为无家可败。我们家族的继承不是财富上的，是精神上的。"在《家世》中，卢作孚家族是离我们最近的典范。余世存曾在媒体上说，卢作孚这个富家子，是在精神层面上、文化底蕴上的富有，所以他有一种做人的底气和自信心。什么是好的生活，什么是真正人应该过的生活，卢先生用他一辈子的经历，给了我们一个很好的回答。

卢作孚用自己的言行举止影响自己的家人和周边的人，他对家人最重要的示范是做社会有用之人，靠"知识和劳动的本领"自立于世。这是卢家家风中的一个特点，就是发愿。

> 平常人以为替自己培植一个花园或建筑一间房子，自己享受是快乐的，不知道替公众培植一个花园或建筑一间房子，看着公众很快乐地去享受，或自己亦在其中，更快乐。

类似这样的发愿在卢作孚的长子卢国维身上表现得最为典

型，可歌可泣。"卢作孚的长子不好当啊！"卢国维青少年时期就参加了中国远征军，抗战结束，他考进父亲的民生公司做技术员。在公司里，他没有去晒自己的关系和财富，他靠"更加的勤勉、更加的谦虚、更加的自律"赢得了尊重。1952年，卢国维在香港听说老爸卢作孚在重庆自杀身亡，悲痛之余，他做出的第一个决定，居然是马上打点行装，全家返回重庆，在郊区的民生机器厂落户，一待就是二十八年。在我们外人看来，卢国维最好的人生岁月都在社会动乱年代里耗掉了，但是他的女儿，也就是卢作孚的长孙女卢晓蓉说，他从来没有后悔过。这个"现代完人"的长子其实职尽天伦，在为父亲和这个社会守望着一种人的精神。这是一个大愿：卢作孚死了，儿子得证实现代中国人格的某种完善境界。

卢国维的一生和父亲卢作孚大起大落的一生不同，比较平淡，但他和卢作孚一样，在发愿中建设，在发愿中承担一切痛苦，并且实践了卢作孚说过的话："人生的快慰不是享受幸福，而是创造幸福，不在创造个人的幸福，供给个人欣赏，而在创造公众幸福。"

这样一个家族，是修身齐家的典范，是我们每个家庭可以触摸和感怀的风范。所谓见贤者思齐，大概就是《家世》带给我们最有用的信息。

延伸阅读

————————

《非常道》《时间之书》《大时间》《己亥》《老子传》

扫描二维码

◇观看节目

◇静听朗读

◇心意书单

家训传承三代，故事传奇一生

《我们三代人》/ 汤一介

汤一介（1927—2014），毕业于北京大
学哲学系。是当代中国哲学界代表性人
物之一，曾任北京大学哲学系教授、博
士生导师、中国哲学与文化研究所名誉
所长、中央文史研究馆馆员。

　　毋戚戚于功名，毋孜孜于逸乐

　　这是儒家的教诲

　　也是一个家族的传承

　　从汤霖到汤用彤，再到汤一介

　　祖孙三代

　　不同的命运，却有同样的信念

　　中国有没有哲学家？孔孟老庄、程朱陆王等是哲学家还是思想家？近现代中国谁能堪称世界一流的哲学家？我无能讨论这样的"二傻"问题，而且哲学方面的书我阅读甚少，连哲学家的名字我也说不出几个，但汤用彤和汤一介我是知道的。说这父子二人是中国哲学界的翘楚，我想没人会站出来说不。一家两代，两位大师级的哲学家，皆为北大教授，在哲学界学术成果丰硕。何以如此？让我们不得不对这个家族的家学感到惊叹和好奇。究竟是怎样的家风，在这个家族得以传承和延续？又是什么精神和风骨，在当年的那些诗书之家得以不断流传？这些问题，汤一介在他晚年的鸿篇巨著《我们三代人》中给出了详尽解答，而这本书让我们有幸从众多诗书之家中，去认识和了解属于他们精神的世界。

汤霖（1850—1912），晚清进士，汤一介祖父。

汤用彤（1893—1964），著名哲学家、佛学家，汤一介父亲。

汤一介（1927—2014），著名哲学家、教育家。

《我们三代人》是汤一介的一部遗稿，在他去世多年后才出版的。先生生前就有对过往经历做回顾的愿望，想给世人留下一些真实鲜活的历史文化记录。所以从七十岁开始，断断续续地写成了若干片段，花费了三年时间，完成了这部书稿，可一直没有出版，在抽屉一躺就是12年。直到2014年先生去世，他的夫人，同为学者的乐黛云在收拾房间时，偶然发现了这部尘封已久的书稿，经整编才有了《我们三代人》的面世。这本书，汤一介从祖父汤霖到父亲汤用彤，通过一个个鲜活的故事，再现了汤氏一门三代知识分子，在中国百年社会动荡变迁中的命运和对中国传统文化以及学术的传承和守望。

我写这本《我们三代人》，只是想通过一些具体的事，写出我们这三代不过是众多的"诗书之家"中的一家，而我们这一"诗书之家"到我之后就不能再继续了。虽颇有些感慨，但也无可奈何。

——汤一介

书中的第一代人汤霖，是光绪十六年的进士，做过知县，为官清廉，晚年以教学为生，儒道兼修、志在学问，并且支持维新，是典型的士子。遗憾的是他一生几乎没有留下什么著作。不过，就在汤霖为数不多的作品中，留下的一篇《自序》对他的儿子汤用彤和孙子汤一介产生了不可估量的影响。

余自念六十年来，始则困于举业，终则劳于吏事……虽然事不避难，义不逃责，素位而行，随适而安，固吾立身行己之大要也。时势迁流，今后变幻不可测，要当静以应之，徐以俟之，毋戚戚于功名，毋孜孜于逸乐。

——汤霖

请注意祖父汤霖堪称箴言的十六个字："事不避难，义不逃责，素位而行，随适而安。"这成了汤用彤、汤一介一生为之恪守的人生信条，更被汤一介视作汤家的家训家风。所谓事不避难，做事情不能拈轻怕重，要迎难而上；义不逃责，该自己承担的责任就一力承担，绝不推卸给旁人；素位而行，坚守自己的本位，不作非分之想；随适而安，看淡宠辱得失，随遇随缘。这十六个字，即便是在今天，也是字字千金，发人深省。

到了书中的第二代人，我们从汤用彤的精神世界再来看看，这家风家训是如何陶养出一代大师的。熟悉中国哲学或者国学的人都知道，汤用彤是一位熔铸古今、接通华梵的大师，留美多年，学贯中西，与吴宓、陈寅恪一起被誉为"哈佛三杰"，后来还在北大当了很多年教授。汤用彤的学问之精微、造诣之深厚，受世人所景仰。钱穆先生曾如此评价过汤用彤先生："锡予之奉长慈幼，家庭雍睦，饮食起居，进退作息，固俨然一纯儒之典型。"

锡予是汤用彤的字。钱穆先生说他是个纯儒，纯粹的儒生，这是非常精准的一个观察。怎么才是一个纯粹的儒生呢？在我看来，就是无论观照自己的本心，还是应对外在的世界，都做到了儒家最核心的两个精神境界：一个是仁，一个是诚。仁厚、诚挚地待人处世，自强不息，厚德载物，纵观汤用彤一生，他确实是做到了。

书中汤一介记录了很多父亲在这方面的事迹，在这里就说我印象最深的一件事吧。

那是在1914年的初春，二次革命已经失败，政局风云变幻，国家前途茫茫，知识分子们都在忧心中国未来究竟会走向何方。还在清华读书的汤用彤和吴宓在彼此的通信中谈到了一个问题：如果历尽艰辛才建立起来的民国不幸夭折了，我们该怎么办？当时吴宓就说，要么当烈臣，为节义轰轰烈烈而死；要么当隐士，躲到山林里了此残生。而汤用彤则认为这两种方法都不可取。

> 国亡之后不必死，而有二事可为：其小者则以武力图恢复；其大者，则肆力学问，以绝大魄力，用我国五千年之精神文明，创出一种极有实力之新宗教或新学说，而使中国之形式虽亡，中国之精神、之灵魂永久长存宇宙。
>
> ——汤用彤

从这番话里，我们不难感受到汤用彤那种立志报效国家、希望中国复兴的愿望，同时更能体会到他对中国文化的感情和信心。我想这应该理解为汤用彤对"事不避难，义不逃责，素位而行，随适而安"十六字家训的恪守和践行。而这份家训在汤用彤的言传身教下，又充盈丰沛地传承到了汤一介的身上。作为新中国前后成长起来的一代人，汤一介的人生经历和思想演化上，显然与父亲有很大不同，也走过一些迫不得已的弯路。但因为家风家训的陶养，晚年的汤一介，最终也进入了返璞归真、大彻大悟的化境。你读一读汤一介在《我们三代人》里的文字，毫无虚浮华丽的辞藻，每一段都诚诚恳恳、结结实实，他和父亲汤用彤一样，秉承了祖父汤霖"事不避难，义不逃责，素位而行，随适而安"的教诲，坚定地认为人活在世上，不应该只为一己的小我，而应该有一个更高远宏大的追求。

如果一个人不甘于平庸凡俗，自然要担当起苦难，所以中国有"生于忧患，死于安乐"的说法。自古自今有儒家精神的仁人志士都是对自己国家民族的兴衰和人类社会的幸福十分关怀，往往有一种自觉不自觉的"忧患意识"。这种"忧患意识"不是为着一己的小我，而是为着国家民族的大我，因此可以为着一个理想的目标，舍生忘死。

——汤一介

三代人的传承与传奇，以汤一介朴实无华的记录，清晰生动地呈现了出来。我们经常说家要有好的家风、好的家训，那么什么才是好家风、好家训？而这样的家风家训又该如何来代代传承、绵延久远？我想一介先生的《我们三代人》，给出了一个很好的答案。

事不避难，义不逃责，素位而行，随适而安。

延伸阅读

————

《中国儒学史》《天》《魏晋玄学研究》

叁

慢慢走，欣赏啊

此时，此身，此地

《厚积落叶听雨声》/ 朱光潜

朱光潜（1897—1986），字孟实，安徽省桐城人，现当代著名美学家、文艺理论家、教育家、翻译家。先后就读于香港大学文学院、英国爱丁堡大学、法国斯特拉斯堡大学，后历任北京大学、四川大学、武汉大学教授。

用出世的精神，做入世的事业

多年前，一位身处异国他乡的游子

曾这样诚心正意地规劝世人

今天，他已是一座巍峨挺拔的美学高峰

但不知还有多少人能记得，他那发自肺腑的呐喊

慢慢走，欣赏啊

齐邦媛是朱光潜的学生，她在《巨流河》这本书里讲过一段朱光潜的逸事。有一次朱光潜请学生去家里做客，有位男同学看院子里铺满了落叶，正想清扫一下，没承想朱光潜不让："我等了好久才存了这么多层落叶，晚上在书房看书，可以听见雨落下、风卷起的声音。这个记忆，比读许多秋天意境的诗更为生动、深刻。"

于是不仅有了"厚积落叶听雨声"这个书名，而且从这么一个小故事还能看出朱光潜的生活态度——对生活充满着一种欣赏，随时随地都能发现和体会生活中的美的态度。朱光潜作为一代美学大师，他的美学观念绝不仅仅体现在学术研究上，更多是体现在人生态度上，就如他的那句名言："你是否知道生活，就看你对于许多事物能否欣赏。"

在中国，朱光潜的名字几乎可以和美学二字画等号。我们这代人以前不知道朱光潜，和美学更是无缘，以至于严重缺乏美学概念和美学意识，"审美"能力差得不是一星半点。一个事物怎样才算美？如何欣赏一幅宋画？这些感性问题我们有时候找不到一个下脚的地方，惭愧。

还好，有这本《厚积落叶听雨声》给我们启发，美学其实就在我们身边，甚至和我们息息相关。我们不一定要去研究《蒙娜丽莎的微笑》，也不用去揣摩《大卫》雕塑的造型，生活中很多细小的东西无不体现着朱光潜的美学思想。

北方人初看到西湖，平原人初看到峨眉，虽然审美力薄弱的村夫，也惊讶于它们是奇景；但对生长在西湖或峨眉的人除了以居近名胜自豪以外，心里往往觉得西湖和峨眉实在也不过如此。人常是不满意自己的境遇而羡慕他人的境遇，所以俗话说："家花不比野花香。"人对于现在和过去的态度也有同样的分别，本来是很酸辛的遭遇到后来往往变成很甜美的回忆。这全是观点和态度的差别。看过去，看旁人的境遇，看稀奇的景物，都好比站在陆地上远看海雾，不受实际的切身的利害牵绊，能安闲自在地玩味目前美妙的景致。看现在，看自己的境遇，看习见的景物，都好比乘海船遇着海雾，只知它妨碍呼吸，预兆危险，没有心思去玩味它的美妙。要见出事物本身的美，我们一定要从实用世界跳开，以"无所为而为"的精神欣赏它们本身的形象。

你别说，虽然这篇文章写于近100年前，但现在仍然能给我们一种思想上的开拓和观念上的启迪，让我们学会发现生活中的美好。美学并不仅仅出现在高端的艺术品和深奥的哲学领域，在我们普通的生活中也随处能看到美学的影子，而这正是朱光潜毕其一生研究美学，想传达给我们普通人的一个思想——以美的态度面对生活。

朱光潜的一生波澜起伏，他早年对时局不太关注，不问政治，保持着中立的态度，但随着抗战的爆发，他的思想慢慢发生了变化。1938年他在任四川大学文学院院长时，为了维护学府的尊严，捍卫教育自由和学术独立，坚决反对国民党当局提出的更换校长的决定，他主持全校教师大会，号召罢教，教师们纷纷响应，虽说最终迫于压力，这件事以妥协告终，但朱光潜也逐渐看清了国民党的本质。中华人民共和国成立前夕，国民党政府派专机从北平接"知名人士"去台湾，名单上胡适居首，朱光潜名列第三，不过在中共地下党的挽留下，朱光潜毅然决定留下。朱光潜的一生，经历过很多坎坷和挫折，但他对于人生一直保持着一种豁达开朗、积极乐观的态度，始终坚持以美的态度面对生活，把一切都看得云淡风轻，甚至充满着趣味，他的一生真可称为艺术人生。

　　我们所居的世界是最完美的，就因为它是最不完美的。这话表面看去，不通巳极。但是实含有至理。假如世界是完美的，人类所过的生活，比好一点，是神仙的生活；比坏一点，就是猪的生活——便呆板单调巳极，因为倘若件件事都尽美尽善了，自然没有希望发生，更没有努力奋斗的必要。人可以分为两种，一种是情趣丰富的，对于许多事物都觉得有趣味；一种是情趣干枯的，对于许多事物都觉得没有趣味。后者是俗人，前者就是艺术家。情趣愈丰富，生活也愈美满，所谓人生的艺术化就是人生的情趣化。阿尔卑斯山谷中有一条大汽车路，两旁景物极美，路上插着一个标语牌劝告游人说，慢慢走，欣赏啊！许多人在这车如流水马如龙的世界过活，恰如在阿尔卑斯山谷中乘汽车兜风，匆匆忙忙地急驰而过，无暇一回首流连风景。这是一件多么可惋惜的事啊！

年轻人可能对朱光潜另外一本《给青年的十二封信》有些印象，这本书由当年朱光潜在海外留学时，寄回国内的十二封信集结而成。书中从《谈读书》《谈中学生与社会运动》到《谈情与理》，再到《谈人生与我》等十二个方面，对青年人所面临的问题做出了解答和分析。《给青年的十二封信》出版后，朱光潜一炮而红，成了当时的学术"超男"。只不过这十二封信中没有谈到一丁点儿与美学有关的问题。他是漏了还是忘了？还是觉得这个问题太深奥不能谈呢？其实都不是，他是在酝酿。《给青年的十二封信》出版三年后，《谈美》才与世人见面，所以这本书也被视为是朱光潜写给青年的第十三封信。朱光潜写这本书的目的不仅仅是想告诉大家如何去欣赏美，更是希望大家从对待美的态度中引申出一种正确的人生态度。

我坚信情感比理智重要，要洗刷人心，并非几句道德家言所可了事，一定要从"怡情养性"做起，一定要于饱食暖衣、高官厚禄等等之外，别有较高尚、较纯洁的企求。要求人心净化，先要求人生美化。

朱光潜为什么要极力倡导美学？因为在他看来，无论是做学问还是干事业，只求满足理想和情趣，不斤斤计较于利害得失，才可以有一番成就。也就是说，只有不功利地对待人生，才能活出真正有价值的人生。但他并没有否定实用主义和科学态度的价值，只是他觉得人们缺乏一种美学的精神。现实世界里我们被束缚，每天的日程都排得满满的，人群中匆匆走过，车流中浮躁不安，没时间去欣赏路边的花朵，也没心情去端详爱人的笑脸，所以朱光潜用心良苦地喊出了六个字："慢慢走，欣赏啊！"这是先生的教诲。

这六个字道出了朱光潜对于人生的看法，当你专注于生活的情趣而不是利益得失时，你会发现生活是那么美好。不知大家发觉没有，他这种以美的态度面对生活的思想，其实和成都人的性格挺相投的。而现实中，朱光潜确实和成都有一份不解之缘。

朱光潜的第二任妻子奚今吾是四川人，朱光潜与奚今吾相濡以沫，共同走过了将近60年的岁月。也是因为奚今吾，当接到时任国立四川大学代理校长张颐的邀约后，朱光潜决定动身从北平到成都，担任川大文学院院长一职。朱光潜在成都的生活还是挺逍遥自在的，当时他最喜欢和妻儿朋友们到成都有名的少城公园里的鹤鸣茶社去喝喝茶，聊聊天，享受成都的悠闲时光。作为一名美学家，朱光潜写评论居多，很少写散文，但在成都生活和游历过后，他却兴致大发，写下了一篇非常精彩的描写青羊宫花会的散文。

　　成都的天气是著名的阴沉，但是在阳春三月，风光却特别明媚。春来得迟，一来了，气候就猛然由温暖而热燥，所以在其他地带分季开放的花卉在成都却连班出现。梅花茶花没有谢，接着就是桃杏，桃杏没有谢，接着就是木槿建兰芍药。在三月里你可以同时见到冬春夏三季的花。成都素有小北平之称。熟习北平的人看到花会自然联想到厂甸的庙会，它们都是交易、宗教、游玩打成一片的。单就陈列品来说，厂甸较为丰富精美，但是就天时地利说，成都花会赶春天在乡村举行，实在占不少的便宜。花会逛过了，沿着西郊马路回城，平畴在望，清风徐来，真所谓"无边光景一时新"。你纵是老年人，也会是年轻十岁了。人过中年，难得常有这样少年的兴致，让我赞美这成都花会啊！

　　朱光潜在成都的日子虽说不算太长，但这里悠闲舒适的生活却让他感触颇深，可以说成都的生活让朱光潜的美学思想进一步得到了提高和升华。其实对于美学的研究，绝不仅仅只在于一些高档的艺术品上，什么是美？如何来发现美？在我看来，美学研究的最高层面就在于回归普通的生活，以美的态度去面对生活，以欣赏的眼光去看待生活，这样人人都是生活中的美学家，而这也正是朱光潜和他的这本书所能带给我们的东西。下面我就以这本书开头的一句话作为结尾，那就是：对于很多抱怨现实和觉得生活无趣的人，其实很简单，你要做的，只不过是发现生活之美。

延伸阅读
————

《文艺心理学》《诗论》《悲剧心理学》《谈文学》

清凉如水美如玉

《人间草木》/ 汪曾祺

汪曾祺（1920—1997），江苏高邮人，
中国当代作家、散文家、戏剧家、京派作
家的代表人物。

在我到过的城市里

成都是最安静，最干净的

在宽平的街上走走

使人觉得很轻松，很自由

成都人的举止言谈都透着悠闲

汪曾祺的写作风格质朴，随性洒脱，仿佛和人拉家常般，就把故事写完了。同时他也是沈从文的高徒，在写作风格上，他与朱光潜有些相似，都是用平淡朴实的语言去描述一些生活中的小美好、小感悟。不过汪曾祺在生活中绝对比朱光潜要"会玩"多了，没错，"玩"这个词可以说是对汪曾祺这一生最好的诠释，体现出了他对生活无比热爱的态度。

就拿《人间草木》来说吧，里面的内容全是一些他对于生活琐事的感悟和描述，但就是这样一本书，却常年在各大读书网站的评分排名中位居前列，受到很多书友的追捧。我们现在为什么越来越喜欢读汪曾祺呢？也许原因就在于他的"不装"，从他的文章里我们能感受到那种真实，那种好玩，那种平凡生活带给我们的乐趣，并能从这本《人间草木》怀念这位贪吃、贪玩儿、贪恋人世间的可爱老人。

汪曾祺的爱好十分广泛，像《人间草木》这本书开头几篇的内容就有介绍罗汉雕塑的，描述北京遛鸟习俗的，甚至还有教我们如何种植葡萄的，不难看出他是一个杂家，是一个玩到一定境界的人。不仅如此，他还对书画、医道、戏剧等都有深入的研究，著名的京剧《沙家浜》就是由他担任主要编剧，此外他还给后人留下了不少珍贵的书法和绘画作品。不过要说到他玩得最极致的，还是在吃。汪曾祺是个标准的"吃货"，但他不仅仅是会吃，还会做，甚至可以自创菜品，一道著名的"油条塞肉"享誉文坛。

正是由于汪曾祺太会做菜了，还出现过这样一个趣事。那时每当有外国学者来北京拜访汪曾祺时，中国文联常常不安排来宾在宾馆就餐，而是直接让客人在汪曾祺的家中就餐。而说到汪曾祺的拿手菜，就如他的文章和为人一样，都是些家常菜，像什么拌荠菜、烧萝卜、麻婆豆腐等等。在这本《人间草木》里，就有不小的篇幅说的是如何吃菜和如何做菜。不夸张地说，单单是阅读这些文字，都会让你有一种唇齿留香、回味无穷的感觉。

烧豆腐里的翘楚，是麻婆豆腐。做麻婆豆腐的要领是：一要油多。二要用牛肉末。我曾做过多次麻婆豆腐，都不是那个味儿，后来才知道我用的是瘦猪肉末。牛肉末不能用猪肉末代替。三是要用郫县豆瓣。豆瓣须剁碎。四是要用文火，俟汤汁渐渐收入豆腐，才起锅。五是起锅时要撒一层川花椒末。六是盛出就吃。

苏东坡爱吃猪肉，见于诗文。东坡肉其实就是红烧肉，功夫全在火候。先用猛火攻，大滚几开，即加作料，用微火慢炖，汤汁略起小泡即可。东坡论煮肉法，云须忌水，不得已时可以浓茶烈酒代之。完全不加水是不行的，会焦煳粘锅，但水不能多。要加大量黄酒。

汪曾祺的文字朴实易懂，不过仔细品味你又会发现，他的文笔中有许多"暗功夫"，文字虽然很简单，但所表达的内容却是需要有相当的生活阅历、知识储备和很深的钻研才能写出，而这一切就来源于他的爱玩，他对生活最本真的热爱。汪曾祺出生在江苏高邮一个富裕的家庭里，从小就接受了良好的教育，再加上他的父亲又是性情中人，家庭气氛很开明，这就使得汪曾祺打小思维活跃，对世间万物都充满了好奇，可以说童年的经历在很大程度上造就了汪曾祺"爱玩"的性格和"我手写我心"的淡雅文风。

　　当然说到汪曾祺的写作风格，还有一个人不得不提，那就是他的老师沈从文。1939年，汪曾祺考取了当时迁到昆明的西南联大，沈从文当时在西南联大任教。上了大学后，汪曾祺依然不改其爱玩的天性，他不爱去上课，喜欢在昆明城里闲逛，去泡茶馆，还因体育和英语考试不及格比其他学生多留校一年。当时曾有人劝同样在西南联大任教的朱自清收汪曾祺当其助教，朱自清说："汪曾祺连我的课都不上，我怎么能要他当助教？"但就是这样一个众人眼中的差学生，对沈从文的课却一节也没有落下。可以说当时的汪曾祺对于沈从文是有着强烈的崇拜之情的，他不仅上课认真听讲，还在课后向沈从文请教，陪沈从文逛街、吃东西，两人在当时便建立起了深厚的友谊。1941年沈从文在一封信中就说道："新作家联大方面出了不少，很有几个好的。有个汪曾祺，将来必有大成就。"几十年后，良师益友的预言成真，但此时的汪曾祺只能在文字中缅怀自己的人生导师了。

　　　　沈先生的讲课，可以说是毫无系统。他大都是看了学生的作业，就这些作业讲一些问题。沈先生读很多书，但从不引经据典，他总是凭自己的直觉说话。沈先生教写作，写的比说的多，他常常在学生的作业后面写很长的读后感，有时会比原作还长。学生习作写得较好的，沈先生就做主寄到相熟的报刊上发表，这对学生是很大的鼓励。沈先生教书，但愿学生省点事，不怕自己麻烦。他讲《中国小说史》，有些资料不易找到，他就自己抄，用夺金标毛笔，筷子头大的小行书抄在云南竹纸上。沈先生有很多书，但他不是藏书家，他的书除了自己看，也是借给人看的，联大文学院的同学，多数手里都有一两本沈先生的书，谁借的什么书，什么时候借的，沈先生是从来不记得的。

1946年汪曾祺到上海后，因为找不到工作，生活窘迫，一度想自杀。沈从文知道后，写信责骂他说："为了一时的困难，就这样哭哭啼啼的，甚至想到要自杀，真是没出息！你手里有一支笔，怕什么！"随后通过沈从文的推荐，汪曾祺终于找到一份中学任教的差事。可以说正是由于沈从文的鼓励和教导，才使得汪曾祺练就了随遇而安的品格和淡然朴实的文风。

汪曾祺和成都也有缘分，他一生中曾多次到过成都，对成都的印象特别好，写过多篇和成都有关的文章。

在我到过的城市里，成都是最安静，最干净的。在宽平的街上走走，使人觉得很轻松，很自由。成都人的举止言谈都透着悠闲。这种悠闲似乎脱离了时代。武侯祠大概不是杜甫曾到过的武侯祠了，似乎也不见霜皮溜雨、黛色参天的古柏树，但我还是很喜欢现在的武侯祠。武侯祠气象森然，很能表现武侯的气度。这是我所到过的祠堂中最好的。新都有桂湖，湖不大，环湖皆植桂，开花时想必香得不得了。桂湖上有杨升庵祠，祠不大，砖墙瓦顶，无藻饰，很朴素。我觉得杨升庵祠可以像三苏祠一样辟一间陈列室，搜集升庵著作的各种版本放在里面。

此外在这本书里，汪曾祺还专门写了《川菜》《川剧》这些有浓郁地方特色的文章，看来他对于成都是真爱。在如今这个浮躁纷杂的时代里，成都的慢节奏和悠闲使其独树一帜，让很多人向往。同样汪曾祺的这本《人间草木》也能让很多人找回那份最初的优雅与情致，那是人类爱玩天性的释放，是积极向上的人生态度，是对生活最本真的热情和热爱。

延伸阅读

———————

《受戒》《晚饭花集》《逝水》《晚翠文谈》

捕捉偶然，定格岁月

《那一天》/ 维利·罗尼

维利·罗尼（Willy Ronis, 1910—2009）著名法国摄影家。生于巴黎，从事摄影近半个世纪，专门拍摄法国人民，特别是巴黎市民的日常生活。

每一张照片都有背后的故事

而故事能演绎出历史的痕迹

一直以来，我总想把某一瞬间的定格

晕染成带风的莲花

层层荡荡，摇曳出无限的生机来

那一天，那些人，那瞬间

总有让你心动的刹那

有两幅摄影作品人见人爱，让人第一时间感受到人间的美好和希望，这两幅作品有很多共同点，它们都表现了无忧无虑且快乐的生命时光，都是法国人文摄影大师的作品，且在同一个时代（二十世纪五十年代）拍摄，主人公都是巴黎街头的小男孩（有一段时间我甚至把这两幅作品搞混淆了），都是通过抓拍"决定性瞬间"，这是普通的瞬间而不是重大历史事件，表现出浓厚的生活气息。

一幅是法国大师布列松的作品（布列松，令全世界摄影人如雷贯耳的人物），照片中小男孩怀抱两大瓶红酒，雄赳赳气昂昂，神采飞扬，像是凯旋的士兵；另一幅是法国摄影大师维利·罗尼的作品《巴黎小男孩》，照片上是一个胳膊下夹着法棒面包的孩子，罗尼说，那是他的自画像。这幅摄影作品《巴黎小男孩》，也是《那一天》这本书的封面。《那一天》汇集了罗尼的50多幅摄影作品，跨越了二十世纪三十年代到九十年代的巴黎生活，他为每一幅作品配写了一篇文章，每篇文章都是以"那一天"开头。我们可以从翻开的任何一页开始，阅读照片，还有照片背后的秘密。这些作品闪烁着诗意的光辉，如同一首首献给日常的颂歌。

　　我对自己的所有照片都如数家珍。它们构成了我生命的脉络。而某些时候，照片本身也成为超越时间限制的存在，它们之间能相互交流，前后感应，互相诉说着秘密。

　　维利·罗尼从事摄影近半个世纪，作为与布列松、卡帕、布拉塞齐名的国际级摄影大师，他专门拍摄法国人民，特别是巴黎市民的日常生活。他比任何人都有资格为巴黎平民区那半个多世纪以来的历史做证。巴黎一直是摄影家们炫技的舞台，布勒松、布拉塞等都拍过无数的巴黎照片，但他们照片中的巴黎都没有像维利·罗尼这样的春光荡漾、意气风发。《艺术桥恋人》就是维利·罗尼用自己的方式描绘的法国街头的浪漫。

作品：艺术桥恋人，1957

（Les Amoureux du Pont des Arts，1957）

那一天，正值初春，我在塞纳河畔散步。我总是很喜欢带着相机，到河边闲逛。就在同一年，我拍摄了《巴士底恋人》。我记得，当时还爬上了纪念碑的顶端，因为那时的阳光很美，一月的暖阳散发出亮白的光线。一如寻常，那束光线吸引着我，带我攀上碑顶。也正是在那儿，我拍下了此生最美丽的照片之一。它被印在明信片、拼图、T恤、海报上，风靡全世界。我从这个角度看，巴黎美得无可比拟。我看到了这对情侣的背影，他们正在栏杆边俯瞰塞纳河。我拍下他们的时候，正是那个男孩亲吻他女友额头的那一瞬间，这一吻恰到好处。

几十年后，发生了一件奇妙的事。1988年，罗尼居然在巴黎一家咖啡馆遇到了那对当年照片上的情侣，这间咖啡馆就是那对情侣开的，他们把那幅照片裱起来，挂在店里。后来罗尼和他们成为朋友，还为他们重新拍照。我在想，在1957年拍照的那个时刻，这对情侣还无法想象，不久的将来，从纪念碑的铁环之间望出去，有一家小店将变成他们的小咖啡馆。而那时候的他们，才刚刚订婚。

> 我看到一艘小船停在岸边。我无意间在这一小船里发现了一对坐着的情侣，姿势却耐人寻味。我拍了两张照片。第一张，拍在那个男孩将吻而未吻上那个女孩的瞬间：我想留住的正是这份悬念，想让大家猜猜，那个女孩是否愿意接受这个吻。至于第二张，则拍于他们真正相吻的那一刻。但相比而言，我更喜欢他们相吻前的那一张，喜欢男孩在女孩同意之前的轻柔动作。

罗尼很多作品都是俯瞰、抓拍的，我想他可能是为了不打扰入神于恋爱、音乐、梦想的那些人。他观看而不操纵，就像一个慈祥的长者，乐呵呵地看着年轻后生，在那些值得珍惜的细节中觉察出"情"的存在。而且他"窥视"的就是他生长的街区、河边，所以匆匆一瞥却意味深长，他的摄影就等同于他所生存的环境本身，是带着呼吸的热气的。

作品：1954年圣诞，那辆自行车
（Noël 1954, La Bicyclette）

那一天，我在街上闲逛，一如往年圣诞节的前一周，我总流连于那些大商店的橱窗前。那是1954年的12月中旬，在我看到了这幕场景时，内心充满了感动。乍一看，这是一个再稀松平常不过的场景：一个爸爸，带着他的女儿站在一堆自行车前。可细细端详，就会发现，这个爸爸的穿着十分寒酸，他必定是下了一番决心，才带着他的女儿来给她买件小礼物。可显然，挑一件真正的好礼物，对他来说着实困难。而那个小女孩，她脸上的神情和她盯着自行车的眼神，已经告诉我们，她不得不放弃这辆自行车，因为她知道自己不可能拥有它，尽管，尽管内心深处的渴望如此强烈。她的神情是如此温柔，如此谦卑，令人心碎。她已经清楚地知道，这辆自行车不属于她。这可是一辆自行车啊，太贵了！

中国有一代人也曾经历物资匮乏阶段，这幅作品让我想起了二十世纪七十年代我曾经在一家商店橱窗前目不转睛地看着一副我心仪已久的乒乓球拍而没钱买下它的情景，至今这情景历历在目，不同的是，没有人记录下那一瞬间。现在当然再不会有人盯着一辆自行车或者是乒乓球拍流露出那样的眼神和表情了，而摄影也成了没有门槛的记录手段，我们何不拿起相机或者手机，记录下我们生活的这个城市的故事呢？也许多年以后，你也可以说"那一天，我看见了什么什么"。

维利·罗尼的作品覆盖了整个二十世纪，如今他的照片更是被世界各地的博物馆收藏。同时也在巴黎、纽约、东京、布宜诺斯艾利斯等地，举办个人作品展，而且也到北京办过个展。他在这本书中说过一段非常经典的话："我喜欢捕捉这些偶然的时刻，总感觉一些东西会在此刻发生，但又说不清到底是什么东西，只是这些'东西'却常常左右着我的心绪——时至今日，当我回忆起这些片刻，仍不禁因感动而窒息，但我不希望这份感动带来任何的误会。"

在舍与得之间张望

《舍得，舍不得》/ 蒋勋

蒋勋，中国台湾知名画家、诗人与作
家。祖籍福建福州，生于古都西安，成
长于台湾。

至道无难，唯嫌拣择

人生就是不断的取舍

一念天堂，一念地狱

与其周密地计算

不如扪心自问

究竟是舍得

还是舍不得

2014年夏天，我曾到位于上野的东京国立美术馆去看台北故宫国宝展，后来知道那天蒋勋也去东京上野看了"神品至宝"展，他在回台后出版的《舍得，舍不得》里说到这件事。不过蒋勋的这本《舍得，舍不得》并不是写他在东京看展的事，基本上是他在世界各地游历的所见所闻，记录去过的巴黎、清迈、京都等城市的点点滴滴，以柔软之心书写对生命的眷恋和领悟。这是一本特殊的游记，同样是旅行，蒋勋笔下的京都永观堂、清迈无梦寺，与别人看到的不一样。他以哲学的智慧来解读他对生命自然和文学艺术的感悟，独具一格。

虽说舍得与舍不得这个话题已被人论说过千百遍，但蒋勋自己在生活中也深感矛盾，就是在舍得和舍不得之间，理智上常常说你绝不能回头，可最后忍不住就会回头，他也会恍然大悟——哦，原本我们有这么多东西放不下，所以，"舍得舍不得，是我自己的一个矛盾，也是我自己的功课，没有找到一个最终答案，相信很多朋友也许跟我一样，在舍得跟舍不得之间还有很多的困扰吧"。

这种困扰似乎时时刻刻都在纠缠我们，比如说我们容易发愿，要追求"敢于舍得"的淡定从容，但一旦面临感情问题，又很难做到"拿得起，放得下"。写这本书的初衷，蒋勋说是因为他总觉得自己做得不好，常常在舍得与舍不得之间游移。而这本书的书名，源于他的弟子为他刻的两方印，一方"舍得"，一方"舍不得"，借着这刻印的故事，蒋勋写下了一段充满感触的文字：

> 我们如此眷恋，放不了手；青春岁月，欢爱温暖，许许多多舍不得，原来，都必须舍得；舍不得，终究只是妄想而已。无论甘心或不甘心，无论多么舍不得，我们终究都要学会舍得。

　　蒋勋不仅在书中讲到他所去的许多城市的见闻和体会，也回望了历代文人雅士的遭遇和磨难，讲到八大山人、肃亲王、弘一法师，也讲到苏东坡。苏东坡一生坎坷，坐牢被判死刑，不止一次被流放，但他一句"多情应笑我"，可以看得出来，他舍弃的是悲愤和贪嗔，留给我们的是豁达、宽容。蒋勋说从"多情应笑我"这五个字不仅可以看出苏东坡的聪明和自负，也看到了他的自嘲和坦荡，看到他发现自己的不足是在他人精明处糊涂。历代文人最难过的一关是"情至深处、回到平常"，但是苏东坡过了这关，真实而平凡。其实宋朝文人一直在追求"平淡天真"，但在诗书画上真正做到的却非常之少，因为一卖弄就无法天真，一矫情刻意就无法平淡。

　　在创作领域久了，知道人人都想表现自我，生怕不被看见。但是艺术创作，其实像修行，能够安静下来，专注在面前一个小物件，忘了别人，或连自己都忘了，大概才有修行艺术这一条路的缘分吧。

　　读完蒋勋整本书，才发现我自己也有这么多的舍不得，说是贪念也好，执着也罢，我还是希望在身坏命终之前，能再多读些书，以东周社的名义，讲给大家听、做给大家看。虽然是身外之物，但也是我珍惜的，我还是舍不得。

蒋勋在台湾得过广播主持人的金钟奖，相当于大陆的金话筒奖，这是他声音魅力和文学修养共同作用的结果，他的很多作品都出版了有声书。蒋勋的声音充满磁性和厚度，加上自身深厚学养的自然流露，每次听到，总让人觉得安静澄明。

对了，他的《蒋勋细说红楼梦》也是大部头，我也非常喜欢，一共八本，有声作品一共有160集。据说当年他在台北开讲这个系列的时候，林青霞每周从香港"打飞的"过去听。我也曾把这个系列推荐给我的朋友们，听书也是一种阅读。

说到《红楼梦》中的王熙凤，她是一个因为舍不得而落得悲剧收场的人物。17岁的女孩，管理贾府上上下下三百多口人，其精明强悍，绝非常人。但王熙凤的问题就在于，她真的是个什么都不甘心、什么都想要的主儿。她曾说"舍得一身剐，敢把皇帝拉下马"，其实她什么都舍不得，富贵荣华舍不得，权力地位舍不得，包括对感情的主导控制也舍不得。结果是"机关算尽太聪明，反误了卿卿性命"。

蒋勋曾在《殷媛小聚》节目里谈到过自己的感受："我在想有没有可能是我自己知道，舍得是一个我要提醒我自己做到的事，其实很难做到，因为我所有讲舍得的时候我都舍不得，有时候对一个东西舍不得，有时候是对自己年轻的岁月舍不得，有时候是对自己以前住过的那个老家舍不得，有时候是对爸爸舍不得，对妈妈舍不得。可是所有我舍不得的东西，可能都走了，其实，舍不得没有用。"

所以我认为蒋勋写下这本书，绝对不是告诉我们凡事都应该秉持一个"舍得"的原则，否则书名干脆直接叫"舍得"就算了。之所以叫《舍得，舍不得》，就是让我们不要只看到"舍得"，也要看到"舍不得"。人非草木，孰能无情，生命之所以有情，就因为有太多舍不得。学会"舍得"的前提，应该就是要学会正确对待"舍不得"。"舍不得"不是洪水猛兽，很多时候，它也是一种正常的甚至正面的情感，理解它，包容它，顺应它，或许才更容易让我们接近廓然无累的生命境地。

晴日当空，是喜悦；风雨，也可以是喜悦。解脱了爱憎喜怒，解脱了自己分别好坏的执着，生命自然处处都是喜悦欢欣。

延伸阅读

———————

《孤独六讲》《美的沉思》

扫描二维码

◇观看节目

◇静听朗读

◇心意书单

一身闲情得雅趣

《闲情偶寄》/ 李渔

李渔（1611—1680），号笠翁，明末清
初文学家、戏剧家、戏剧理论家、美学
家。素有才子之誉，世称"李十郎"。

一个人如何把闲暇时光利用好

这恐怕和他的生活品质有关

古往今来，如何打发寂寞无聊

都是对人性的一个考验

好在三百年前，一位中国文人就这个问题

交出了一份近乎完美的答卷

康熙十一年原本是很平淡的一年，没有什么惊天动地的历史事件。但在中国文学史上，这一年值得纪念。有两本重要的著作在这一年先后诞生。

一本是查继佐记录南明历史的《罪惟录》。查继佐曾牵涉进清初著名的庄廷鑨私刻明史案，这段往事还被金庸写进了《鹿鼎记》。其实《罪惟录》也是一部私修明史，只不过查继佐运气比较好，把书藏在夹壁墙里，一直没被发现，直到辛亥革命之后，这本书才公之于世，至今都是研究明史的一部重要史书。

这一年还诞生了一本《闲情偶寄》，相比之下，它的命运简直就幸福得不得了。你也许会说，《闲情偶寄》这种"帮闲文学"有什么了不起的，还能载入文学史册？其实，《闲情偶寄》

和袁枚的《随园诗话》、王国维的《人间词话》类似，可能不是那些有骨气的文人看得起的，却深受百姓喜爱。从《闲情偶寄》出版当年起，就是绝对的畅销书，多年来广为流传。

这本书究竟怎么样，刚好，我在书店看到林语堂的《吾国与吾民》里有这么一段介绍，林语堂先生是很讲究生活情趣的，他说十七世纪李笠翁的著作中，有一重要部分，专事谈论人生的娱乐方法，叫作《闲情偶寄》，这是中国人生活艺术的指南……最后谈到富人、贫人的颐养方法……这个享乐主义的剧作家又是幽默大诗人，讲了他所知道的一切。

林语堂说的李笠翁，就是《闲情偶寄》的作者李渔，笠翁是他的号。在我看来，中国自古以来最杰出的江湖文人，李渔无论如何是应该要排进前三的，日本人的文学大纲，把李渔和屈原、李白、杜甫等并称为中国二十一大"文星"。李渔写过不少文字，诗词文集就不说了，他还写过一本《芥子园画谱》，他是策划人、出版人。三百多年来，这本画谱启蒙了多少大家、成就了多少大师，难以计数。

《闲情偶寄》里面的那种文字之美，对后来民国文人的影响非常深远，不仅熏陶、影响了周作人、梁实秋、林语堂这样一些散文大师，而且对我们今天提高生活品位、营造艺术的人生氛围也有很好的指引。近些年我喜欢读随笔，包括明清时代的随笔，我觉得随笔有点像是微博，短小、有趣、长知识，比如这本书里面提到的"睡眠"这一部分，非常详尽、有意思、最引人入胜，我甚至觉得这简直就是李渔老师给我这个喜欢熬夜的家伙敲的一记警钟。

> 苟劳之以日，而不息之以夜，则旦旦而伐之，其死也可立而待矣……养生之诀，当以善睡居先。睡能还精，睡能养气，睡能健脾益胃，睡能坚骨强筋。

就是说，如果白天劳作而夜里不好好休息，那么天天劳累疲乏，离死就不远了。自从有了电灯之后，也包括有了电子产品，人类的睡眠时长大幅度缩水，即使上床了也不睡觉，玩手机、看电视，时间长了，人也逐渐处于亚健康状态；但是你看那些活大岁数的人，李鸿章、梁漱溟，他们都是早睡早起的典范。我想，这也是中国传统文化对健康的感悟和对自然规律的敬畏。今天晚上开始，我是不是该早睡了？估计悬。

在我看来，好书至少有两种，一种是你一看就丢不掉的书，得一口气看完，甚至不惜熬通宵；还有一种应该是不必死磕着读，有闲心时就拿起来翻一翻的书，总是会有意想不到的收获，就像《闲情偶寄》这种。有一点我觉得李渔很厉害，就是他在说闲情的时候，总会给你一种人生的启迪，除了"不早睡会早死"的警告之外，我们来看看李渔说到种植这方面的乐趣的时候，他是怎样启发我们的。

> 秋花之香者，莫能如桂。树乃月中之树，香亦天上之香也。但其缺陷处，则在满树齐开，不留余地。盛极必衰，乃盈虚一定之理，凡有富贵荣华一蹴而至者，皆玉兰之为春光、丹桂之为秋色。

李渔的文风就是绝不拾前人牙慧，读来也总是给人意想不到的惊喜。举个例子，我们现代人对美女的评判标准虽然越来越多元化，但更多的人总是把评判西方女孩的标准放在中国女孩的身上去要求，比如巴掌脸、大长腿，完全不考虑自己的东方特点。你看李渔对真正的美女，给出了一个什么样的标准。

古云："尤物足以移人。"尤物维何？媚态是已。世人不知，以为美色，乌知颜色虽美，是一物也，乌足移人？加之以态，则物而尤矣。

我们常用"尤物"来形容美女。在李渔看来，成为尤物的关键不仅是容貌，更重要的是姿态和气质，如果美色再加上媚态，那就是尤物了，就是资格美女。无气质，非美女。《闲情偶寄》里的《声容部》这个部分专门阐发了李渔对美女的见解，不仅讲得很有趣，而且还很有启发，比如讲女子的肌肤、眉眼，如何化妆、如何穿衣、如何佩戴首饰等等，好玩得很，算得上是"中国人生活艺术的指南"。他甚至经常为女孩子"点赞"："妇人读书习字，所难只在入门。入门之后，其聪明必过于男子……"

为什么这么说呢？因为男子杂念太多，而女孩子心志比较专一。在万恶的旧社会，李渔老师如此大胆为女性竖大拇指，实在可爱。当然由于时代的局限性，书里面有些说法怕是不被当代大众认可了，比如李渔对女人的小脚是醉心不已，我想那时候女人缠足和现在女性隆胸、整容可能有一点是一致的，就是为了迎合时代的潮流，改变身体原生态部分；最有意思的一点是，他说女孩子"眼睛细而长的，秉性就温柔；眼睛粗而大的，居心必然凶悍"，这种观点，没什么科学依据，但是直到现在还有人拿这句话说事儿。

《闲情偶寄》最有情怀的一点，是李渔并没有只为富贵人家提供生活情趣的指导意见，他认为每个人都可以享受生活的美好，无论贵贱凡圣都可以开心地生活，他把贵人、富人、贫贱之人如何快乐生活的方法讲得相当透彻，一个是为乐由心；一个是顺情遂意。他在三百多年前，就为我们现代人提供了大量的健康指导意见，比如说他对徒步健身方面的见解，不输给现在那些美国专家的研究成果。

　　贵人之出，必乘车马。逸则逸矣，然于造物赋形之义，略欠周全。有足而不用，与无足等耳，反不若安步当车之人，五官四体皆能适用。

就是说步行可以收到坐车所得不到的乐趣，有脚不用，等于无脚，走路代替坐车，五官四肢都能得到锻炼，这也是现代人需要明白的道理。但是现代人有一个问题，就是缺少闲情逸致。我觉得人若想有闲情，恐怕至少要有三个条件：一是要心安理得，家中没有不干净的钱，外面没有不干净的事儿；二是要感恩知足，有了捷达想奔驰，有了公寓想别墅，这样的人很难闲下来；最后一条就是要有雅趣，一有时间就惦记着玩游戏打麻将，那永远也不能体会"原来桂树的香气里，竟暗藏着盛衰之道"。

三百多年前，李渔以自己的闲情，炮制出了这本充满雅趣和洞见的《闲情偶寄》；三百年后的我们，是否真有闲情去领略感受这份生活趣味呢？

延伸阅读

————

《笠翁十种曲》《无声戏》《十二楼》《笠翁对韵》

美是自然，是自己

《汉字书法之美》/ 蒋勋

大难不死的汉字是中华文化的血脉

当今天下，唯有中国人可以用长命的汉字

对话孔子屈原，颂咏杜甫李白

而汉字书法是做人处事的学习

也是性情的表白

更是与自己相处最真实的形态

　　我觉得我们经常是拿着宝贝不当宝贝，我们中国人差不多人人手上都有一个超过五千年的古董，而且每天都在和它打交道，那就是汉字。但也许你不曾听说过，就在离我们现在不远的近百年前，汉字差一点遭遇灭顶之灾。大清灭亡后不久，有些前辈们就开始琢磨要杀死汉字、废除汉字，因为他们认为中国之所以落后，主要是汉字造成的。

　　为什么这么说呢？汉字难学、难写、难认，是普及教育的障碍，而且汉字不便记录来自欧美的现代科技名词；最要紧的是，汉字是封建社会的产物，几千年来汉字只为封建贵族服务，是统治阶级压迫劳苦群众的工具，所以有前辈提出要根本废除象形文字，以纯粹的拼音文字来代替它。

主张废除汉字的这些人物的名字都是如雷贯耳——钱玄同、傅斯年、蔡元培、瞿秋白、吴玉章、林伯渠等等，这些在今天看来都是了不起的近代大家，你能想象吗？我有套《鲁迅手稿》，相当珍爱，之所以喜欢它，就是看他的书法之美，无论是日记还是书信，他的这些字写得那么儒雅，那么漂亮，而我完全没有想到，鲁迅也是主张要废除汉字的。

呜呼！所有这些想要灭掉汉字的先生，他们一定是用汉字来诅咒汉字的！这场旷日持久的争论，你不要以为只是二十世纪初的民国才有，事实上，这样的事到今天仍未停止。没错，就在前些年，关于"拼音和汉字，孰当先孰当后"的辩论还在进行，只不过言辞可能不再像以前那么激烈。所幸今天我们还在继续使用汉字，而且我相信，没有人有能力在中国把我们使用了几千年的文字革除掉，而鲁迅那手稿仍然是我的珍爱。

我们中国人对汉字有着天然的亲近感，因为它融在我们的血液中，这是东方文明的核心价值，也是我们内心的信仰……这些可以唤醒中国人书写记忆的文字，这些中国符号，也是蒋勋先生所钟爱的，他用这本书《汉字书法之美》表达了他对中国文化之美的敬意。他以独有的美学情怀，带领我们走进汉字的时光长廊，让我们领略关于东方汉字书写的韵致与魅力。

这本书有个特点，蒋勋在说汉字的发展和书法美学的时候，总是先从人说起，随时不忘写字和为人处世的道理。中国人一直以来都觉得写字是件很庄重的事情，讲究"心正则笔正"，中国人喜欢讲品格，书法更是人品的体现。比如年少时觉得最好写的字是"一"，弘一法师的一，但年纪越大，越感到"一"字最难写，要安分地回到简单、安静、朴素的"一"，实在是不容易的事。而且蒋勋在书的最后，特意为读者留着两页九宫格，这是要唤醒我们童年写毛笔字的记忆，这种由红线平均分割的九宫格，可能是祖先提示我们要意识到红线是一种界限，一种纪律，一种规矩。

> "规"是曲线，"矩"是直线；"规"是圆，"矩"是方。大概只有汉字的书写学习里，包含了一生做人处事漫长的"规矩"的学习吧！学习直线的耿直，也学习曲线的婉转；学习"方"的端正，也学习"圆"的包容。

我们大概都有这样的人生体验，童年的毛笔书法，为自己一生的价值理念烙上了"不可歪"的端正感，尤其是书写自己名字时的郑重其事，一笔一画，不敢大意。只是，我们很多人可能都忘记了儿童时代书写自己名字的那种慎重端正和一丝不苟了。

虽然消灭汉字的危险期可能暂时过去了，但是汉字书写仍然存在很大危机，表现最突出的就是"提笔忘字"，原因很简单，大家用笔写字的概率越来越低。互联网越发达，这种状况就越明显，连外国媒体也报道"造成汉字书写减少的罪魁祸首是手机，中国人对手机短信的使用率比世界上任何其他国家都要高"。今天我们不探讨这个忧患的问题，我们还是在蒋勋的这本《汉字书法之美》里面去寻找书写的喜悦吧。

我小时候写大字，老爸给我讲过王羲之教他儿子写字的故事，说王羲之的儿子王献之小时练一个"太"字练了十年之久，有一次王羲之在儿子的"大"字下面加一点，母亲看了都感叹："我儿练了这么多年字，只有那一个'点'像你父亲。"也就是说，真正懂得书法的人，可能并不是看整个字，有时候就是看那个"点"，从"点"里面看出速度、力量、重量、质感，还有字与字连接的"行气"。

王羲之小时候随卫夫人习字，卫夫人教他的《笔阵图》就是我们后来写字基本功"永字八法"的前身，第一课就是写一笔"点"，高峰坠石，让他感受万丈深渊中石头坠落的瞬间，力量、速度、重量的交错；第二课是教他"横"，"千里阵云是一横"；第三课"万岁枯藤是一竖"。我想卫夫人教给王羲之的，不仅是书法本身；蒋勋要告诉我们的，也不仅是书法美术史。

我最留心的是蒋勋所讲的帖与生活之间的关系。古人的"帖"，不是什么正规文书，多是草稿、书信，也相当于我们现在的短信，你看，被称颂为"天下第一行书"的《兰亭序集》就是一篇草稿！因为是即兴之作，有涂改，有添补；"天下行书第二"的颜真卿《祭侄文稿》，也是不修饰、不做作的原始情绪表达；"天下行书第三"是苏轼的《寒食帖》，苏轼被贬黄州，特别郁闷，写了《寒食诗》，诗中有错字别字的涂改，线条有沉郁、有尖锐，变化万千，看得出来他的心境多么复杂啊。蒋勋总结说，三件书法名作都是"草稿"，也许可以解开"行草"美学的关键。行草隐藏着对典范楷模的抗拒，行草隐藏着对规矩工整的叛逆，行草在充分认知了楷模规矩之后，却大胆游走于主流体制之外，笔随心行，"心事"比技巧重要。行草摆脱了形式的限制拘束，更向往于完成简单真实的自己。

这让我想起了唐初书家孙过庭的《书谱》中耐人寻味的几句话：初学分布，但求平正；既知平正，务追险绝；既能险绝，复归平正。这几句教人写字的话何尝不是我们做人的道理啊？在平正和险绝之间，是一种微妙的辩证关系，平正做得不够，可能会陷入平庸，也可能失去未来；险绝做得太过，就可能立足不稳，跌下悬崖。一个人在经历了大繁华之后的"复归平正"，才是真正的有价值的人生，这方面，在近代最有代表性的人物应该是李叔同了。

弘一大师自幼习字，早年书法间架雄强开张，棱角方正；生活中更是穿过世间最漂亮的绫罗绸缎，还是舞台上的活跃分子。但当他三十九岁出家为僧，剃度于杭州虎跑寺，就专心向佛，不再涉足文艺和表演，每天以书法抄经，他的灰色僧衣上有不下一百个补丁。这个时候，他的字体线条平稳沉静，圆融内敛，完全不同于书法艺术家的自我个人表现，完成了近代最独特的书法意境。这也是我大量收藏他手书的《心经》和《嘉言集》《出世入世箴言集》的原因——不求表现，去尽锋芒，静定从容，这才是书法美学的最高境界。

读了这本书，我想你不仅会更加喜爱汉字及书法，你还可以从中领悟到做人的修行和意境。或许生活中最美的书法，是妈妈或者爱人在餐桌上给你留下的字条"饭在锅里"。这几个字，表面平淡，却爱意荡漾，价值千金，这样的小字条，值得你收藏。

延伸阅读

———

《蒋勋说红楼梦》《蒋勋细说红楼梦》

肆

鸡鸣声中谈秋

风雅由心起

《雅舍小品》/ 梁实秋

梁实秋（1903—1987），浙江省杭县（今杭州）人，出生于北京，原名梁治华。中国现当代散文家、学者、文学批评家、翻译家。

你走，我不送你

你来，无论多大的风雨

我都要去接你

没有人不爱惜他的生命

但很少人珍视他的时间

二十世纪八十年代，我还是少年时，中学课本里鲁迅先生称梁实秋：丧家的资本家的乏走狗。大概二十世纪九十年代以后，鲁迅的作品在课本里消失，大街上有了梁实秋的书。但因少年时期的印象我还是不想读他的书。有一次参加朋友的"围炉夜读"读书沙龙，我被安排朗读一段梁实秋《雅舍小品》中有关中年的话题，我硬着头皮，接了。一读才发现，有味道，有分量，打动人！但我不后悔年轻时没读他的书，因为里面好多文字年轻时不一定能读懂。

后来才知道，老爷子超厉害，而真正奠定梁实秋学术地位的，是他翻译的《莎士比亚全集》，梁先生应该是我们国家第一个研究莎士比亚的权威学者。但实际上，他更为人们所熟知的作品，则是《雅舍小品》。美学家朱光潜更是认为《雅舍小品》对于文学的贡献，超过了《莎士比亚全集》。说到《雅舍小品》的成书，和四川还颇有渊源。1937年"七七事变"后，梁实秋为躲避战乱，独身来到大后方重庆，他把他在重庆租住的房屋称为"雅舍"，其实就是一间简陋的合租房，《雅舍小品》里面的文章大多都是他居住那里时所写的一些短篇散文。这本书没有一个统一的主题，每篇内容都是独立成篇，他想到什么就写什么，几乎都是身边琐事和对生活的感悟，像《洗澡》《牙签》《理发》《衣裳》《喝茶》《饮酒》等，但就是这样一些看似东拉西凑，没有任何关联的文章组合在一起后，却成了很多人心中永远的经典。这本书经典在哪里？首先是文字，美妙，如行云流水，月光洒地。

> 雅舍最宜月夜——地势较高，得月较先。看山头吐月，红盘乍涌，一霎间，清光四射，天空皎洁，四野无声，微闻犬吠，坐客无不悄然！舍前有两株梨树，等到月升中天，清光从树间筛洒而下，地上阴影斑斓，此时尤为幽绝。

当年我读到这儿的时候，是被震得……呆坐着说不出话来，心中反复默念，越念越觉得心里发痒，恨不得即刻乘风而去，去应那明月之邀。只不过，年轻的时候可能比较关注作品的文学性，慢慢地可能会更关注一本书的思想性。也就是在这个年纪重读《雅舍小品》，我才发现，梁实秋对世事的洞察剖析，可谓相当透彻犀利，当然，也非常有趣。比如在说到时间这个问题时，他说："没有人不爱惜他的生命，但很少人珍视他的时间。"再比如对于很平常的握手，他是这样总结的："如果你和他很有交情，久别重逢，情不自禁，你的关节虽然痛些，我相信你会原谅他的。不过通常握手用力最大者，往往交情最浅。"呵呵，难怪现在有人说，梁实秋如果生在这个时代，一定是段子高手，一骑绝尘。

除了这些随处可见的段子，最打动我的还是一些更为深沉的表述。虽然已经是半个多世纪以前的文字，但里面对于很多社会现象的看法和见解，仍然值得借鉴和学习。

　　我一向不信孩子是未来世界的主人翁，因为我亲见孩子到处在做现在的主人翁。我问过一个并非"神童"的孩子，你妈妈是做什么的？他说："给我缝衣服的。"你爸爸呢？小宝贝翻翻白眼，"爸爸是看报的！"但是他随即更正说，是给我们挣钱的。孩子的回答全对，爹妈全是在为孩子服务。以前的"孝子"是孝顺其父母之子，今之所谓"孝子"乃是孝顺其孩子之父母。孟懿子问孝，子曰："无违。"今之"孝子"深韪是说。凡是孩子的意志，为父母者宜多方体贴，勿使稍受挫阻。近代儿童教育心理学者又有"发展个性"之说，与"无违"之说正相符合。谚云："树大自直"，意思是说孩子不需管教，小时恣肆些，大了自然会好。可是弯曲的小树，长大是否会直呢？我不敢说。

虽说书里描写的是二十世纪三四十年代的事，但和我们现在的情况何其的相似。孩子是家里的"小祖宗"，父母所做的一切都要围绕着他，不要说打了，连一句重话都不敢说，怕伤害到孩子。对于这种过分溺爱孩子的现象，梁实秋认为对孩子还是应该有足够的管教。

通过读梁实秋的文字，总能感觉到，诙谐幽默之中透露着那么一份沉稳和可靠。而这一切，我想应该和他的求学经历有关。梁实秋早年在美国哈佛留学，师从比较文学的权威白璧德教授，白璧德偏爱秩序、稳健、理性，抵触偏激、冲动的言行，梁实秋深受白璧德的影响，无论在对时局的看法上，还是在生活中，都崇尚沉稳、理性和平和。而这也导致他和鲁迅之间发生了一场轰动当时文坛的论战，可以说在那个时代，梁实秋是鲁迅笔下最大的论敌。不过出人意料的是，在鲁迅去世后，梁实秋却选择了沉默，拒绝说鲁迅一句坏话，直到多年后他才对自己的女儿说起："我跟鲁迅并没有仇恨，只是对问题的看法不同而已。"这样的人除了有论敌，在他周围更多地还是朋友。

"世纪老人"冰心就是梁实秋的好朋友。有一次聚会，冰心说了这么一段有趣的话："一个人应当像一朵花，不论男人或女人。花有色、香、味，人有才、情、趣，三者缺一，便不能做人家的一个好朋友。我的朋友之中，男人中只有实秋最像一朵花。"冰心应该是觉得梁实秋是一个有才、有情、有趣的男人，如果把《雅舍小品》这本书比作一本有才有情有趣、色香味齐全的花儿，就更加贴切了。

要说这本书里我最喜欢的，还是我开头说的那次在"围炉夜读"的读书沙龙朗读过的那段关于中年的文字，真是说到我心里去了。

已经到了中年，到这时候大概有两件事使你不能不注意。讣闻不断地来，有些性急的朋友已经先走一步，很煞风景，同时又会忽然觉得一大批一大批的青年小伙子在眼前出现，从前不知是在什么地方藏着的，如今一齐在你眼前摇晃，磕头碰脑的尽是些盎然阔步满面春风的角色，都像是要去吃喜酒的样子。自己的伙伴一个个的都入蛰了，把世界交给了青年人。所谓"耳畔频闻故人死，眼前但见少年多"，正是一般人中年的写照……四十开始生活，不算晚，问题在"生活"二字如何诠释，中年的妙趣，在于相当地认识人生，认识自己，从而做自己能做的事，享受自己所能享受的生活。

年轻的时候完全感受不到的东西，今天好像特别有感触，浸入心扉。梁实秋不同于我们之前介绍的很多民国大家，他并没有很激进地出现在那个年代各种潮流的前端，而是安静地待在一个角落，用心地观察体会世间万物，然后再以一种理性平和的优雅风度娓娓道来，云淡风轻，却又字字珠玑。"你走，我不送你；你来，无论多大的风雨，我都要去接你。"这是梁实秋留下的最为人们所熟悉的一段文字。从这段话里我们不难体会，他那敦朴诚挚的厚重情思。而这些撩动心湖的美文，即使今天读来，仍犹如一股清流，带给我们心灵无尽的滋养。

斯是陋室，惟吾德馨。雅舍，雅舍，也是因有先生这样的人居住，才当得起一个雅字吧。

延伸阅读

————

《槐园梦忆》《英国文学史》

多少楼台烟雨中

《烟雨纷繁，负你一世红颜》/ 张恨水

张恨水（1895—1967），原名张心
远，安徽人，"鸳鸯蝴蝶派"代表作
家，被尊称为现代文学史上的"章回小
说大家"。

北平，重庆，成都

他更喜欢哪个城？

"对于成都市上之时间充裕

我极端地敬佩与歆慕

一寸光阴一寸金

有时也许会作个例外"

说到民国时期的大作家，有很多是我们喜欢的，鲁迅、林语堂、朱自清、李劼人等等，但是在这么多的大作家里面，谁的作品最畅销、最受欢迎呢？答案是——张恨水。年轻人都听说过《金粉世家》，当年由陈坤、董洁主演的同名电视剧，由此引起了一阵民国热；另外还有他最著名的作品《啼笑因缘》，也被多次改编成影视作品，搬上银幕。在民国时期，张恨水的影响力就和现在的金庸一样，这我可一点都没夸张，那时的小说一般都是在报纸上连载发表，而当载有张恨水的小说的报纸要出版时，在报馆门前，经常会有读者排队争相购买，争取先睹为快。当时的小老百姓们，可以不知道鲁迅，不知道胡适，但一定知道张恨水。老舍就曾这样评价张恨水："他是国内唯一的妇孺皆知的作家。"

张恨水的作品很多都是描写爱情的，他也由此被誉为"鸳鸯蝴蝶派"的代表作家。但如果一部作品只有男欢女爱和个人情感方面的描述，是不大可能引起那么大的关注，获得那么多人的喜爱的。张恨水的这些作品，初看之下好像就是一个个爱情故事，但在男女主角跌宕起伏的情感经历之下，浮现出的却是社会最真实的众生相，直抵人性的最深处。当年张恨水的小说就已经是雅俗共赏，不仅是贩夫走卒喜欢，很多上层名流、大学教授等也都是他的粉丝，其中最著名的一个，就是近代史学大家陈寅恪。

当年在西南联大，陈寅恪患有严重的眼疾，但就是在这样的情况下，他还是请好友吴宓去图书馆借来张恨水的小说，每日读给他听，这是他在病床上的唯一消遣。张恨水的作品之所以吸引人，就在于他对社会百态，对各阶层风土人情的观察入微和细致描述。比如这篇描写北平街头烤肉的文章，是这样说的：

一个甑[zèng]，同时可以围了六七个人吃。大家全是过路人，谁也不认识谁。可是各人在甑上占一块小地盘烤肉，有个默契的君子协定，互不侵犯。各烤各的，各吃各的。偶然交上一句话："味儿不坏！"于是作个会心的微笑。吃饱了，人喝足了，在店堂里去喝碗小米稀饭，就着盐水疙瘩，或者要个天津萝卜啃，浓腻了之后再来个清淡，其味无穷。

还有像这篇描述北平街头吃喝的：

一辆平头车子，推着一个木火桶，上面烤了大大小小二三十个白薯，歇在胡同中间。小贩穿了件老羊毛背心儿，腰上来了条板带，两手插在背心里，喷着两条如云的白气，站在车把里叫道："噢，热啦，烤白薯啦，又甜又粉，栗子味。"当你早上在大门外一站，感到又冷又饿的时候，你就会因这种引诱，要买他几大枚白薯吃。

透过这短短几百字，民国时候北平城的那种生活状态，那种烟火气儿，鲜活地出现在我们面前，是不是很生动？可以说在二十世纪二三十年代，张恨水的名声是如日中天，而靠着他大量的写作，一家人在北平的生活也过得十分滋润。但随着战争的爆发，这位文坛大师的文风和生活发生了很大的转变。1937年底，为躲避战乱，张恨水来到了重庆，在这本他的短篇散文集里，就有不少文章是讲述他在重庆的战时生活的。

十点多钟了，粽子还没有熟，呜呜，警报来了。关门，带孩子，背包袱，熄火，换上保护色的衣服，进防空洞。人像沙丁鱼一般，拥挤在防空洞里，飞机临头的轧轧声，高射炮放射的隆隆声，炸弹爆炸的哄哄声。虽每一种声，都刺激得多了，而每个人的心却没有麻木，心房在跳，呼吸紧张，手上出冷汗，在漆黑的防空洞里，大家等着死亡！等着毁家！三点钟了，在一声长的警报解除声中，慢慢儿地出了洞，一下看到大太阳，让人一惊，因为在洞里时，原以为是漫漫长夜呢。拖着疲乏的步子，由石板山径小路走回家，看到那幢灰黄的草屋，还在太阳下，祝福它又在炸弹下度过了一劫。一路上听到行人报告，炸了两路口，炸了上清市，炸了化龙桥，不知是些什么人在端午节家破人亡？

看得出来，张恨水在重庆的生活很艰难，这和他在北平的生活形成了鲜明的对比。在经历战争的洗礼后，张恨水的思想也发生了一定的转变，由此也迎来了他的第二次创作高峰。张恨水早期的作品，像《金粉世家》《啼笑因缘》等，多是对当时官场和社会丑恶现象的揭露和谴责。而到重庆后，他开始创作大量抗战题材的小说，其中《虎贲万岁》描写了可歌可泣的常德保卫战，在全国引起了极大的轰动，被誉为中国第一战史小说。

在张恨水的人生中，有三座城市尤为重要，除了北平和重庆，还有一座，就是成都。成都是张恨水人生中最一往情深的城市，这可真不是我随便说的。1943年3月，在重庆的张恨水应邀到成都观光访问，这次不足十天的短暂旅行让张恨水对成都留下了极好的印象，这里深厚的古蜀文化、悠闲朴素的民风都让张恨水回到重庆后恋恋不忘，此后的三年时间里，他居然写出了一百多篇和成都有关的杂文。这本短篇散文集里的蓉行杂感一章就收录了他写的十多篇和成都有关的文章，其中有段关于成都茶馆的描述，非常精彩。

茶馆是可与古董齐看的铺，不怎么样高的屋檐，不怎么白的夹壁，不怎么粗的柱子，若是晚间，更加上不怎么亮的灯火。矮矮的黑木桌子，大大的黄旧竹椅，一切布置的情调是那样的古老。坐惯了摩登咖啡馆的人，或者会望望然后去之。可是，我们就自绝早到晚间都看到这里椅子上坐着有人，各人面前放一盖碗茶，陶然自得，毫无倦意。有时，茶馆里坐得席无余地，好像一个很大的盛会。其实，各人也不过是对着那一盖碗茶而已。有少数茶馆里，也添有说书或弹唱之类的杂技，但那是因有茶馆而生的，并不是因演杂技而产生茶馆。对于成都市上之时间充裕，我极端地敬佩与歆慕。一寸光阴一寸金，有时也许会作个例外。

张恨水甚是向往成都这种悠闲安逸的生活，回到重庆后恰巧第二个女儿诞生，大喜特喜的张恨水灵光一闪，随即为女儿取名为蓉蓉，这是他对成都之行的最佳总结，也是最美的纪念。纵观张恨水的一生，漂泊过多个城市，经历过起起伏伏，但他一直坚持以写作为真正追求，不受各种威逼利诱，以一根笔杆子真实地记录那个时代。他的作品中没有上纲上线的喊口号，也没有深刻的大道理，有的只是言情小说外表下对社会现状最真实的描述，富有烟火气，而这种东西恰恰是最能经得起时间的考验而历久弥新的。

延伸阅读

————

《春明外史》《金粉世家》《啼笑因缘》《八十一梦》

阅读的私人感受

《坐久落花多》/ 杨葵

杨葵,男,1968年生于江苏淮阴。1989
年毕业于北京师范大学中文系。1989
年至2003年供职于作家出版社,历任编
辑、策划部副主任、编辑部主任、社长
助理兼市场经营领导组长。

世事变幻越是迅猛

阅读可能越要慢一点

一个读书人，寒来暑往

把自己的读书心得和盘托出，慢慢写成

时日长了

真的像是坐久落花多

　　整个大唐的文学，因为李白、杜甫的存在而大放异彩，但也因为他俩的出现，更多优秀诗人的光环可能被遮挡甚至被掩藏。比如王维的"劝君更尽一杯酒""长河落日圆"，相当够味儿，他的功力也不差。顾随先生说，在"表现"这个问题上，王维比李杜还高出不少，杜甫太沉着，不够高超，李白太飘逸，也不高超，所以想了解唐诗，不能只是李杜，还要参考王杜——王维、杜甫，了解了他俩的差异，你对中国古诗就懂了一大半。所以王维是很多文化人喜欢的诗人，甚至也有人用他的诗做书的标题。杨葵在出他的一本随笔时，开始想从杜甫在成都写的《客至》"盘飧市远无兼味，樽酒家贫只旧醅"中取书名"无兼味"，表示自谦，后来他发现王维的诗"兴阑啼鸟换，坐久落花多"，这层意思更合适，于是就有了这本文集《坐久落花多》。书的封面和插图是请老树画的，古风里面带点时尚感，这种文人画配杨葵的书，书卷气很足。这哥俩的东西倒是交相辉映、相得益彰。

《坐久落花多》让我费了不少银子，因为杨葵把自己的阅读经验和见解还有对他有影响的书，都像做广告似的推了出来，害得我照他开的书单推荐买了一大摞，花了钱，心里还感谢他。比如弘一法师和丰子恺合编的《护生画集》，内容全是爱护生灵、护佑心灵的小故事，一共六卷，从1927年开始编写，一直到1973年完成，用了将近50年，其间叶恭绰、朱幼兰等也介入其中进行创作。

杨葵和《护生画集》的缘分始于他读小学时在旧书摊上的相遇，多年之后，《读库》主编张立宪请他审校《护生画集》书稿，于是有了这套拿在手上就不想放下的书。而我的缘分，则是杨葵给我牵过来的。

除了《护生画集》，杨葵在《坐久落花多》里提到的叶兆言的《陈年旧事》也是我喜欢的。叶兆言是一个真正的读书人，身上散发着某种旧文人的气息，这本书写的都是民国年间的老人老事，牵出了一系列民国时期的名人，里面有蔡元培、胡适、林语堂的故事，还有很多不为人知的掌故。说到民国时期的作家，杨葵给了成都人一个很棒的意见：

李劼人是我非常喜欢的一个现代的小说家，我觉得
我们习惯的排名鲁郭茅巴老曹，但是李劼人实际上他的
成就，我个人认为不在这些人之下。《死水微澜》写的
是非常杰出的一个小说，放在今天看也是非常杰出的，
那我觉得他的那种成都的风骨就更明显。所以，我劝所
有成都人都好好看看李劼人。

杨葵对木心与《文学回忆录》的评价令我意外，他将《文
学回忆录》与叶嘉莹整理、顾随著的《中国古典诗词感发》放在
一起看。这两本书有相同的地方：都是有学问的人讲文学，都是
身后依学生笔记而成书，两个学生也都是当今大才。木心场子拉
得大，显示在题目大，全世界的文学史，但是讲出来的格局并不
大，讲的是"物"。顾随只讲诗词，摊子铺得客气，格局却大，
讲的是"心"。

顾随确有厚积薄发之感，每一段落看似随手拈来，却都结结实实一坨；木心灵巧见长，跳来跳去，喜欢用比喻，喜欢排比句。比如这样的话："唐是盛装，宋是便衣，元是裤衩背心。"……怎么说呢，这么聊，有点讨巧，像格言警句体，着力点在于让人易记，实际内容却空洞。这样的形容常常放之四海而皆准的，是典型的避重就轻，避实就虚，语言效率不高。

我同意杨葵的读书态度：阅读感受是很私人化的事，我之蜜糖，你之砒霜，见仁见智嘛。而且杨葵是两本书比较着读的，把木心和顾随比着读是这样一个结果，把木心和眼下其他那么多谈文学的人比着读，木心不知要精多少倍。我发现，杨葵的读书观，和木心其实是非常相同的，我理解也是他对木心的一种致敬，就是粗读和细读的关系，或者说快读和慢读。有些随便翻翻的书，只能快读粗读，否则就是浪费时间；而有些书，我们生怕太快读完，得非常仔细地读，快读简直就是暴殄天物，所以杨葵也喊出了他的声音："干吗读那么快！"

周作人作小引的《徒然草》，是一位日本法师的生活观，讲的是让人"心生快乐的智慧"，杨葵以前读过，几下就读完了，但没找到感觉。以后再读，完全不一样了，觉得字字入心、欲罢不能。你看，同一本书两次阅读感受相差那么大，主要原因在阅读速度。前一次阅读太快，像旅客只顾赶路，没有想着停下来欣赏沿途美景，而这本书，字里行间美景密布，无数细节动人心魄。所以说你若想被打动，必须有所付出，要付出的就是时间和耐心，读得慢一点，再慢一点。尽管这个道理谁都知道，但真要做到，还是很难。

> 人心是不待风吹自落的花。以前的恋人，还记得她情深意切的话，但人已离我而去，形同路人。此种生离之痛有甚于死别也。故见到染丝，有人会伤心；面对岔路，有人会悲泣。

> ——吉田兼好《徒然草》

说到《卢作孚箴言录》，我也得谢谢杨葵，没有他的推荐，我很难找得到这本书。我们这一代对卢作孚这个人是没有一点点印象的，我觉得太奇怪了，完全断根了，很多商业天才、顶尖企业家，甚至作家、艺术家都不知道卢作孚是谁，即使他们知道比尔·盖茨、巴菲特，但是不认识卢作孚。杨葵说他在读《卢作孚箴言录》的时候，开始看到精彩句子还拿笔画重点符号，没几页就把笔扔一边了，因为整本书都想画上。卢作孚的身上，有着干古圣贤的真骨血的传承。

杨葵是幸福的，他在和圣贤大师的神交中，感受到了"坐久落花多"的禅意和真趣。我也是幸福的，因为在他的引领下，我也在树下寻得了一个好位子，修心整性，静待纷纷落花，飘飘洒下。

延伸阅读

———

《在黑夜抽筋成长》《过得去》《东榔头》《西棒槌》

生命深处的惦记

《这些人，那些事》/ 吴念真

吴念真，本名吴文钦，1952年8月5日出
生于台湾省，中国台湾导演、作家、编
剧、演员、主持人。

有些人，在不经意时相遇

有些事，在不经意间开始

有些话，在不经意里承诺

有些爱，在不经意中刻骨

在你生命当中

还有你惦记的那些人和那些事吗？

回忆是奇美的

有微笑的抚慰

也有泪水的滋润

我实在没想到，吴念真还会演电影，连他自己都说"我长成这样子，还当主角？"2000年时，他在电影《一一》里扮演男一号，表现不错，剧本就是杨德昌导演根据吴念真的经历写的，所以他驾驭起来也是收放自如，有底蕴，演得好。吴念真和电影的渊源很深，他创作了50多部电影剧本，得了很多奖。他还尝试做导演、电视节目主持人等等，尝试做了很多，而且做得很漂亮。我是看了这本《这些人，那些事》的别册才知道，电影《搭错车》里面苏芮唱的《一样的月光》就是他作的词。

《这些人，那些事》说起来是随笔和散文，文章都短、很饱满，但是你读了以后会发现，这里面有好多场景、对话、人物，都像是从屏幕中走出来的，字里行间可以读出电影的味道。这可以说是吴念真文字的独特魅力。

有人说他是"台湾最会讲故事的人"，我非常认可，我喜欢他讲的故事，情感浓度恰到好处，不仅有情义有道义，有时候看着看着会突然被他的文字戳到心里很软的一个地方，鼻子酸酸的，眼泪会盈眶，但又不会流出来，百感交集，不知道怎么去形容。我也问过其他读过这本书的朋友，有些朋友平时不太喜欢煽情的文字，可每次看他的东西就是要哭，有点像电视剧《人世间》。

最让我感动的，是吴念真有一种情怀，很真挚也很深沉的悲天悯人的情怀，我自然会想起我们曾经介绍过的诗人杜甫、画家蒋兆和，他们的眼睛一直盯着社会底层的人，关怀底层人的生活，因为吴念真他就来自底层。他讲的这些故事，之所以那么生动，那么有感染力，跟他个人的成长经历太有关系了。他把关于台湾的旧时光和场景立体地呈现出来，让我们看到人与人之间那种和睦的、有味道的、相濡以沫的东西。这些，都是浓缩了吴念真听到的、看到的、经历过的生老病死和悲欢离合。

在我的婚礼上，母亲穿着一辈子没穿过几次的旗袍和高跟鞋，坚持跪拜一百下，以谢神明保佑"像我这样的妈妈，也可以养出一个大学毕业的孩子"。

母亲五年前骨癌过世。我曾想过，妈妈会得骨癌，到了末期全身的骨头甚至一碰即碎……是不是就因为这辈子的身、心都一直承担着过量的负荷？

有人评价吴念真说，对他而言情感大过一切，过往之人留下的记忆酝酿在他心中，变得异常浓烈。而对生命中至亲之人，吴念真的感情就更为深沉厚重。故乡的往事在吴念真的生命中，打上了很深的烙印。他生长于台北的九份矿区，那地方很小，但那里发生的各种故事，人与人之间的浓烈情感，却影响了吴念真一生。

1994年，他把对故乡和父亲的回忆，拍成了电影《多桑》。在这本书里面，他用了《只想和你接近》这个题目写下了他和父亲之间的这个真实故事。吴念真在凤凰卫视"人间真情话"节目里说，尽管父亲不会表达，但从很小的几件事情上可以感觉到他的感情其实是很浓烈的。

有一次父亲脚受伤到台北，我也很久没看到爸爸，也不晓得他在那儿伤势怎样。然后我去，他就挤在一个六个人的病房，人家都有陪伴，就他没有。我就帮他剪指甲，其实可能我都知道他已经醒了，可是他不晓得醒来怎么办，他说不定很珍惜此刻，儿子在帮他剪指甲。等我剪完了，他才假装醒来。他只会讲，很晚了，你今天在这边睡觉吧。其实他希望我陪他。我犹豫了一下，他说我带你去看电影。因为他知道我很喜欢看电影，我小时候，爸爸就这样带我去看电影。那是我跟我父亲这一辈子看的最后一部电影，后面我就离开家了，我没有机会跟他一起看电影。后来这个事已经淡忘，有一个朋友突然说起《多桑》，他说你最可惜的，这部电影你爸爸没有看到。我才忽然想起来，我所有写过的电影，我爸爸没有看过任何一部。

我觉得用小说家毛姆评价乔纳森·斯威夫特的话来评价吴念真，也是十分贴切的：吴念真笔下的人物故事"第一通俗而不卑俗；第二优雅而不浮夸；第三有力但不傲慢"。吴念真有这样一种功力，把他人生的每一节车厢的车窗擦拭得很干净，让你看得很真切。《这些人，那些事》最神奇的地方是，这些本来充满着个人色彩，与多数人经历、经验都关系不大的文字和故事，却成就了一份普世情感，它打动的不光是台湾读者，也有大陆读者。这大概是我们都在儒家文化的传承和空间里共同成长的原因吧。

吴念真还把他的初恋写进了这本书里，他的初恋既纯真又苦涩，包括他初中毕业后从家乡九份到台北打拼的坎坷日子，都有，有的故事还被侯孝贤放到了电影《恋恋风尘》里面，这部电影也成了吴念真的半个自传；大名鼎鼎的电影《悲情城市》同样发生在他的故乡九份，现在的九份已经没有矿产资源了，矿业早就落败了，但是两部电影给九份重新带来了生机，九份的独特旧式建筑、坡地风情，成了很多人去怀旧的景点。所有围绕着他本人发生的故事，所有的那些人、那些事，都成了最完美的素材，汇成了《这些人，那些事》这本书，成了对逝去的过往最深沉的纪念。

故事里有一辑叫《一封情书的重量》，里面有五个爱情故事，邂逅、长梦、情书、重逢、美满。你看，这五个题目组成了一个人要经历的爱情的全部。这当中《重逢》的影响是最大的，好像吴念真把它改编成了话剧，已经在舞台上呈现了，这个故事其实是吴念真听来的，但是他讲得很精彩。

一天，吴念真开完会，心绪不太好。因为在会上和人吵了一架，他就打车回公司。那位的哥认出他来了，就说："导演，你愿不愿意听我给你讲故事？"以吴念真的经验，的哥讲的故事多半不好听，但是出于礼貌他还是同意了。这个故事很长，的哥就从大学时代开始讲起，他和前女友是怎么好上的，他去当兵，回来之后找工作，两人如何分手，等等。车到了吴念真的公司，故事还没讲完。但这时候，吴念真已经被这故事吸引了，他说没有关系，车停在路边，请他把故事讲完。的哥接着讲，他开车去机场拉客，猛然看见前女友正在排队打车，而且就那么巧，车正好排到她的面前。按规定他不能拒载，他下意识的动作是想把有自己名字的牌子拿掉，后来心一横：爱怎么着就怎么着吧。前女友上车之后坐在后排，就不停地打电话，打给家人、公司和朋友，把他俩分手之后十年的历程讲完了。到了目的地，这位的哥还在犹豫要不要继续装着不认识，或者向她打个折什么的，没想到后面的女生用很平静的语气对的哥说："我都已经告诉你我所有的状况……家庭、工作、孩子。告诉你我现在的心情……什么都告诉你了，而你……而你连个招呼都不肯跟我打一个？"

很多年以后，这个伤感的故事成了吴念真这本书的素材，他的文字都很有画面感，又很有戏剧性，脉脉温情，至情至深。所以读完这本书，也让我更喜欢吴念真这个经历丰富的人，我发现他的热情背后有种理性，他能看破别人眼里的东西。那么，比起人生的厚度，你是不是会更喜欢人生的长度？

延伸阅读

————

《八岁，一个人去旅行》《特别的一天》

扫描二维码

◇观看节目

◇静听朗读

◇心意书单

这般颜色做将来

伍

孤独的捍卫

《中国人的精神》 / 辜鸿铭

辜鸿铭（1857—1928），祖籍福建省惠安县， 生于南洋英属马来西亚槟榔屿。学博中西，号称"清末怪杰"，是清朝精通西洋科学、语言兼及东方华学的中国第一人。

人生在世

活的就是一份精气神

那什么是我们中国人的精神

一百年前

一个怪老头给出了自己的答案

虽然有些偏激和错谬

但于今天的我们

仍有一份难得的意义

辜鸿铭的名气大，主要还是他的那些段子太有名了，连他的辫子在北大校园里都是一道独特的风景。他最有名的奇谈怪论，就是那个茶壶与茶杯的理论。辜鸿铭鼓吹一夫多妻，说曾有个外国女人问他："既然一个男的可以有很多个女人，那女人也可以有很多个男人喽？"辜鸿铭听了回答道："男人好比是茶壶，女人恰如是茶杯，夫人您见过一把茶壶配四个茶杯，可曾见过一只茶杯配四把茶壶的？"辜鸿铭的这番逻辑，固然太过强盗，却也显示出了他不同常人的机敏。

由于这个段子实在太有名，以至于到后来，又催生出另一个著名的段子，那是关于陆小曼和徐志摩的。说陆与徐结婚后，陆小曼担心徐志摩多情不专，便对徐说："志摩，你可不能拿辜老先生的譬喻来做风流的借口。你要知道，你不是我的茶壶，乃是我的牙刷；茶壶可以数人公用，牙刷只允许个人私使。我今后只用你这只牙刷来刷牙，你却不能再拿别的茶杯来解渴！"

看来辜鸿铭的这番谬论，实在让很多女人痛恨不已。

也正因为辜鸿铭顽固不化，他的形象并不太好，一副迂腐守旧的样子，得了一标签——"清末怪杰"。但不知道大家意识到一个问题没有，就通过几个段子，我们大约可以理解这"怪杰"的"怪"了，这也是寻常人记住他的地方。那这"怪杰"的"杰"呢？他究竟什么地方杰出了？其实这才是我今天主要想讲的问题，辜鸿铭最有影响力的著作《中国人的精神》，就是他杰出的代表作。尽管我并不苟同书中的所有观点，但辜鸿铭写作此书的初衷，却深深地打动了我。

真正的中国人，是赤子之心和成人智能的高度结合，这种温良和文雅，是最高贵的体香，是最名贵的香水。

　　辜鸿铭在书里热情讴歌了中国的古老文明和传统价值观，有些观点其实多少有点偏执。但真正可贵的，不是他的观点，而是他的热情。这种热情有多么可贵，多么重要，我们首先要从他所处的那个时代去理解。

　　今天，国人对自己文化的认同感是与日俱增，比如近些年来掀起的国学热，让很多中国人开始重新回过头来，认识我们自己的传统文化。看看你身边的朋友，就会发现，越来越多的人开始学书法、画国画，弹古琴、品茶道。可是如果退回到一百年前，二十世纪初，是看不到这一番景象的。

　　晚清以来列强的不断欺凌，尤其是甲午战败和庚子赔款以后，中华民族的文化自信可以说是降到了两千年来的最低点。很多人都把中国的落后归罪于文化的落后，认为不仅科学技术，包括文化在内，西方的东西都比中国的好。一时间，举国上下，倾巢而动，古老的中华文明，被视作封建毒瘤，在等待着被彻底地革除。

　　就在这个时候，辜鸿铭毅然站了出来，和那些主张全盘西化的人唱起了对台戏，于是就有了这本《中国人的精神》。这本1915年出版的书，收录了他陆续写就的"中国人的精神""中国的女性""中国的语言"等论文。这些文章都是辜鸿铭用英文写的，因为当时欧洲陷于一战的泥潭，一向自信满满的欧洲人，那会儿正对自己的文化也感到迷惘呢，于是辜鸿铭不失时机地在英文刊物上发表了一系列文章，宣扬中国的传统文化精神。

> 美国人，一般说来，他们博大，纯朴，但不深沉。英国人一般说来，深沉，纯朴，却不博大。德国人一般说来深沉，博大，却不纯朴。中国人和中国文明的特性，除了我上面提到过的那三种之外，还应补上一条，而且是最重要的一条，那就是灵敏。

看看辜鸿铭把咱们中国人夸的，但你别说，这本书一出来，就在国外赢得了极高的声誉，很快被翻译成多种语言，在各国出版，一时间西方国家掀起了"辜鸿铭热"。为什么会有这种效果？我们就需要从辜鸿铭的人生经历中去找一找答案了。

别看辜鸿铭这么推崇中国文化，其实在他20岁以前，他基本都没接触过这方面的东西。辜鸿铭是混血儿，1857年出生在马来半岛，祖籍福建，母亲则是葡萄牙人，在这种背景下，辜鸿铭小时候更熟悉西方世界的文化。他在欧洲留学多年，据说获得了13个博士学位，精通9种语言，堪称天才。完成学业回到故乡后，一个偶然的机会，让辜鸿铭的思想发生了重大转变。他开始认真系统地学习中国文化，后来更是来到中国，成了湖广总督张之洞的英文秘书。

辜鸿铭对中国文化的皈依，可以用《牡丹亭》里的那句名言"情不知所起，一往而深"来概括。他先后将中国的《论语》《中庸》这些古代经典翻译成英文，介绍到西方。还写了大量的论文，说明中国文化的魅力和价值，包括这本《中国人的精神》。这些文章大多都用英文写就，他的英语极好，同时还大量引用西方人熟悉的文化名人的诗句，其目的就在于使西方人更好地了解中国的孔孟哲学、精神道义，进而对中国文化产生尊重。

中国的毛笔或许可以被视为中国人精神的象征。用毛笔书写绘画非常困难，好像也难以精确，但是一旦掌握了它，你就能够得心应手，创造出美妙优雅的书画来，而用西方坚硬的钢笔是无法获得这种效果的。

这本书里类似这样的话不少，辜鸿铭为中国文化的辩护是非常巧妙的，而书中有些观点也非常犀利。他说，西方人追求科学，信仰宗教，科学和宗教对于智慧的进步和灵魂的安稳，虽各有作用，却难以调和。一旦发生矛盾，给人的内心，乃至给整个社会，都有可能带来灾难性的后果。而中国人，过的却是一种心灵的生活，实现了灵魂和智慧的完美结合。辜鸿铭所描述的，当然是一种真正吸收了中国文化精髓的理想人格。在这个前提下，我相信但凡对中国文化有一定理解的人，应该会基本赞同他这个观点的。

不管怎么说，至少很多西方人是听进去了。辜鸿铭在西方世界所赢得的声誉，在他那个年代达到了一个难以企及的高度，托尔斯泰和他频繁通信，罗曼·罗兰对他大加赞赏，毛姆称他是"中国孔子学说的最高权威"。可以说，辜鸿铭是当时西方文化界最受推崇的中国文化人。

不过，辜鸿铭在国内学界要显得寂寞得多。道理也很简单，国内的国学大师多了去了，而且辜鸿铭的大多作品都是用英文写的，当时能看懂的人也不多。"墙内开花墙外香"是对辜鸿铭中国文化研究的一个精准写照，恐怕也是我们今天只记住了他几个段子的原因，但同时也是他一生事业的意义所在，为了中西文化顺畅地沟通，他的确奋斗了一辈子。

中国人的精神，对于欧洲人民来说是何等的可贵！何等的重要！你们应该研究它，并试着去理解它、热爱它，而不应该忽视它、蔑视它，并试图毁灭它。

介绍这本你可能并不认可的书来讲辜鸿铭，其实有两个目的：一是告诉大家一个段子以外的辜鸿铭；二是让大家知道，即使在中国的文化自信处于最低谷的时候，也有人在执着地坚守，孤独地捍卫。中华文明能够几千年绵延不绝，原因大概就在此吧。

他们头上的辫子革掉了，但是他们心中的辫子却永远地留了下来。

延伸阅读

————

《清流转》《春秋大义》

南渡自应思往事

《南渡北归》/ 岳南

岳南，原名岳玉明，1962年生于山东诸城，毕业于北京师范大学·鲁迅文学院文艺学研究生班。中国作家协会会员，中华考古文学协会副会长，曾在台湾清华大学任驻校作家。

候鸟南飞

那是为了追求温暖

群贤南渡

却是为了保存文化火种

离乱本无奈

动荡见精神

大师远去

我们依稀看到他们的背影

　　我曾在西南联大纪念碑前伫立良久，那纪念碑是1946年抗战胜利、师生们离开这里时留下的。碑文由冯友兰撰写，我读过好多遍，每一次读都神思激荡，甚为感慨。

　　　稽之往史，我民族若不能立足于中原、偏安江表，称曰南渡。南渡之人，未有能北返者。晋人南渡，其例一也；宋人南渡，其例二也；明人南渡，其例三也。

　　在我国历史上，曾出现了四次知识分子大规模南迁的现象。

头三次，正如碑文里所说：第一次是西晋遭八王之乱和五胡乱华，北方士族大批南下，开创了接下来的东晋；第二次是北宋被金朝所灭，文人士大夫们，被迫再次大规模南迁，"还我河山"是宋人之虚愿；那第三次就是清军入关，让南明政权苟延残喘。这三次，都是"南渡之人，未有能北返者"，南渡之后，再也回不去了。

唯一不同的是第四次，这就是二十世纪三十年代，抗战爆发后的高校南迁，与之相伴的，是民国大师们的纷纷南下。陈寅恪、朱光潜、梁思成、冯友兰……好几十位知名学者教授，因为不愿当亡国奴，更为了保存中华文明的火种，无一例外地都放弃了留在敌占区，放弃了可能会得以维系的优裕生活，而长途奔袭，辗转颠沛，在极度恶劣的条件下继续教书育人，进行自己的学术研究。

大师们南下时，自然是没想到八年后还能回来。1938年，抵达云南蒙自的陈寅恪写下了著名诗作《南湖即景》，算得上是当时知识分子们悲凉心境的典型写照：

风物居然似旧京，荷花海子忆升平，桥边鬃影还明

灭，楼外歌声杂醉醒。南渡自应思往事，北归端恐待来

生？黄河难塞黄金尽，日暮乡关几万程？

——陈寅恪《南湖即景》

"南渡自应思往事，北归端恐待来生"，如果你对那一段充满苦难的历史有兴趣，如果你对那一代知识分子的悲喜命运有好奇，岳南的这套《南渡北归》，完全可以满足你的需求。我想这个书名，应该就是来自陈寅恪先生的这首诗吧。

这套书很厚，120万字，三大本。作者耗费了八年心血，翻阅了上千万字的资料，并多次实地考察采访，才有了这样一部近乎史诗般的巨著，全景式展现了民国大师们的命运变迁。2011年出版当年，这书就登上了《亚洲周刊》评选的年度十大华文好书榜首。不过好书归好书，要把它读完，真得花点时间。最近这些年，关于民国著名学者文化人的好书不少，如果你确实没有时间读这套厚重的《南渡北归》，还有两本也很不错——成都作家岱峻先生写的《发现李庄》和《风过华西坝》。

那为什么现在很多人，都越来越推崇那个年代的知识分子？其实说到大师们的学问，恐怕没有几个人能真正明白。比如说陈

寅恪，是教授中的教授，他的著作没多少人能看得懂；再比如说梁思成，我曾经附庸风雅买了他的《图像中国建筑史》手绘本，很精美，但说实话，看得不是很明白。说到底，这些人之所以会让我们由衷地心生敬仰，还是因为他们的人生经历。至少在我看来，如果没有抗战爆发，没有随之而来的被迫南渡，这些人在今天会不会有如此的知名度，真的很难讲。

说实在话，抗战爆发前民国著名学者的生活环境确实是很优裕的，他们的收入，是当时一个普通人家的几十倍。那会儿陈寅恪在清华有一套房子，在城里还有套四合院，两边都有用人，家里还有电话，电话在那时候可是相当的奢侈物。再说梁思成和林徽因，那会儿他们住在北总布胡同3号，是北平最火的文化沙龙地，聚会上的餐点都是咖啡、冰激凌，这些东西当时老百姓听都没有听说过。但等到抗战爆发，大家决定南下时，我想所有人心里都明白，这些年的好日子，就算是到头了。我们从林徽因临行前给美国好友费慰梅的信里面，就可以体会到那种凄惶的心情。

思成和我已经为整理旧文件和东西花费了好几个钟

头了。看着这堆往事的遗存，它们建立在这么多的人和这么多的爱之中，而当前这些都正在受到威胁，真使我们的哀愁难以言表。特别是因为我们正凄惨地处在一片悲观的气氛之中，前途渺茫⋯⋯

林徽因此时的心境，恐怕就是陈寅恪在诗里面说的"北归端恐待来生"吧，不过估计她还是低估了接下来的苦难。抗战时期，梁思成一家在李庄的生活有多么凄苦，是今天的我们难以想象的。当时林徽因患上了严重的肺病，却只能住在对身体极为有害的阴暗潮湿的房子里，没有足够的食品，没有像样的医疗。为了给妻子治病，梁思成居然自己学会了肌肉注射和静脉注射。就算生活困顿到了这种程度，他们夫妻俩却没有放弃自己的学术研究。《图像中国建筑史》就是梁思成和他的助手在李庄生活期间完成的。当时为了支持梁思成做研究，单位把唯一的一盏煤油灯给了他，每天晚上，梁思成就在昏暗的光线下长时间画图。他颈椎有毛病，经常疼得抬不起头，他就把一个花瓶放在画板面前托住自己的下巴，让自己可以继续工作。

再说说陈寅恪，1939年，英国皇家学会授予陈寅恪研究员职称，同时牛津大学也聘请他为教授。这是牛津大学创办三百年来第一次聘请中国学者为专职教授。后来为了治疗眼疾，陈寅恪决定赴英就职。可是没想到，到了香港后，赶上太平洋战争爆发，一家人就此被困在了孤岛。陈寅恪在香港的生存境遇也是我们今天难以想象的。他害怕日本兵非礼自己的女儿，就把女孩子们的头发全都剪了，让她们换上旧衣服。然后全家人待在屋里几个月都不敢脱衣服，方便一有动静就逃跑。就算这样，一家人还是不得不做好逃难时离散的准备，陈寅恪的大女儿陈流求有这样的回忆：

> 那天早晨母亲含着泪，拿一块淡色布，用毛笔写上家长及孩子的姓名，出生年月日及亲友住址，缝在4岁的小妹美延的罩衫上，怕万一被迫出走后走散，盼望有好心人把她收留。

如此虐心的一幕，叫人情何以堪。其实当时日本人是知道陈寅恪的分量的，为了拉拢他，还给他送来两袋大米。你知道当时这些大米对陈家一家人意味着什么？不仅意味着温饱，更意味着家人的安全。但陈寅恪竭尽力气，把都已放在屋里的两袋大米给拽了出去。每每读到这些故事，都叫人心绪难平。你说当年在北平时，这些人的生活是那么优越，好好教书、好好做学问，自然是理所应当的。但到后来，生活如此潦倒，甚至危机四伏，他们仍然能不改其志，这就难能可贵了。

一般来说，过惯了好日子的人，是很难适应困苦的生活的，很多人在这样的转变中，都会沉沦或者变节。但民国那一批知识分子，很多人啊，当然也不是全部，他们真的超越了人性的这个弱点，在命运的转折和苦难的包围中，迸发出了光芒万丈的理想主义光辉。不仅是陈寅恪，也不仅是梁思成、林徽因，在这套《南渡北归》里，你可以读到太多这样的故事，梅贻琦、金岳霖、冯友兰、潘光旦等。所以，在今天这个"专家"已沦为段子的时代，我诚恳地向大家推荐这样一套大部头。让我们感受理想的美好，看他们远去的背影，从中感受到一种力量。

延伸阅读
————

《陈寅恪与傅斯年》《从蔡元培到胡适：中研院的那些人和事》《如果我的心是一朵莲花：林徽因时代的追忆》

失败者的颂歌

《人类群星闪耀时》/ 茨威格

斯蒂芬·茨威格（Stefan Zweig，
1881—1942），奥地利小说家、诗人、
剧作家、传记作家。

历史拐点的出现

往往存在于关键的一刻

人类命运的改变

常常取决于刹那的一瞬

就在那漫长的积累后

所有的能量瞬间释放

于是浩瀚的夜空中

星光闪耀

恒久无极

你也许看过一部美国电影《布达佩斯大饭店》，这部电影的演员阵容十分强大：拉尔夫、阿德里安·布劳迪、爱德华·诺顿、裘德洛，个个都是当今影坛一线大腕。那这部电影究竟有什么魅力，居然能吸引这么多大咖加盟呢？这就得说到这部电影的灵感来源了。在这部电影最后的致谢名单里，排在首位的是一位我们熟悉而又陌生的奥地利作家——斯蒂芬·茨威格。对，这就是一部向茨威格致敬的电影，很多情节，甚至是主题思想，都来自茨威格的作品。

为什么要说茨威格是熟悉而又陌生的作家？首先不少中国人

都知道茨威格这个名字，他的作品《列夫·托尔斯泰》《伟大的悲剧》都被选入了今天学校的教材。但认真读过茨威格并真切感受到他作品情怀的人并不多。说来惭愧，我年轻时也读不懂茨威格，比如这本《人类群星闪耀时》，大概二十世纪八十年代就进入中国了，我当时也买过一本，翻了一下就束之高阁，那时候我的心思都在余光中、郑愁予这些台湾诗人的身上。直到中年以后重读这本书的时候，一下子就沉迷其中，难以自拔。

这是一本让人读起来心潮澎湃的书，茨威格的笔触把历史事件变得极其富有故事性和冲击力，以小角度来看大历史，用具有戏剧冲击力的片段来解释历史的偶然性。实际上本书写的基本上都是失败者，或者生前身后孤独凄凉的人，即便是拿破仑这样的英雄，选取的也是他命运中最悲剧性的一刻。茨威格自己也说过："我不写那些胜利者，我就喜欢写那些失败者。"他写失败者的梦想以及他们在追逐梦想的过程中，身上所体现出来的品质。

这本书之所以有一种永恒的魅力，是因为茨威格作为一个伟大的作家，从这些失败者的人生中给我们展示了人性的丰富性和复杂性，而不是简单的喜怒哀乐。还有一点我觉得特别好，虽然他的写作风格有非常强的文学性，但非常尊重事实。从这本书诞生到现在这一百多年时间里，从来没有人对这本书里面提到的所有事件提出史料方面的疑问，所以他说"历史才是真正的诗人和戏剧家"。

主持人李潘也曾经读过这本书，她说她最喜欢的是其中一篇《南极探险的斗争》。当年英国海军上校斯科特率领探险队向南极进发，希望成为世界上第一批到达南极的人。然后途中却有另外一支探险队比他们提早抵达南极，斯科特发现自己失败了，怀着这种失望与挫败的心情，他率队往回走。路上燃料和食品已经消耗完了，他们只能选择，要么饿死，要么冻死。临死前，斯科特用冻僵的手指给他的妻子写信。

他提醒妻子要照看好他最宝贵的遗产——儿子。他关照她最主要的是不要让儿子懒散，"你是知道的，我不得不强迫自己有所追求——因为我总是喜欢懒散。"在他行将死去的时刻，他仍然为自己的这次决定感到光荣而不是遗憾。"关于这次远征的一切我能告诉你什么呢？它比舒舒服服地坐在家里不知要好多少！"

斯科特作为一个探险家，他是一个完美的英雄，胜败对他来讲已经无所谓了，人类能够继续存在下去都是靠这样的英雄去推动的。在茨威格的特写里面我们能看到很多人类人性中自身高贵的品质，比方说勇气和坚持，冒险精神和对大自然的激情，等等。所以为什么我每次读都会被打动，就是被这些人的精神打动了。

有人说这本书用"群星闪耀"四个字，可能不是最贴切的，用"关键时刻"作为书名也许更好。你看这十四篇历史特写里，不仅讲了一些天才人物在关键时刻的伟大之举，也有那种因为一个庸人在紧要关头做了错误决定，从而改写历史的事情。

比如我很喜欢的一篇《滑铁卢的一分钟》，这是茨威格这本书里最早动笔的一篇。滑铁卢战役是拿破仑失败的代名词，但他为什么会失败？茨威格的解读角度相当新颖。1815年，欧洲各国组织起第七次反法联军，再度扑向法国。当时的拿破仑，很清楚他所面临的危险局面，他必须在英国人、普鲁士人、奥地利人会师之前各个击破他们，否则很难成功。要说拿破仑的策略也没错，他带着自己的大军迅速找到了威灵顿公爵的部队，然后在决战之前，又派出了三分之一的兵力去寻找并阻击普鲁士的军队。因为一旦普鲁士人赶过来和英国人会合，这场战役就很难打。不过拿破仑也要求，这支部队必须时刻和主力部队保持联系，必要时须赶回来支援。他把这个重任交给了一个叫格鲁希的元帅。

> 格鲁希，一个气度中庸的男子，老实可靠，兢兢业业。在拿破仑的英雄传奇中，不能说他没有成绩，但却无特殊的贡献。是奥地利人的匕首、埃及的烈日、阿拉伯人的匕首、俄国的严寒，使他的前任相继丧命，从而为他腾出了空位。

我想这个时候的拿破仑，也有"蜀中无大将，廖化作先锋"的悲哀吧。就是这个格鲁希，在茨威格的眼里，成了滑铁卢胜负的关键。在拿破仑和威灵顿僵持不下、都要崩盘的时候，普鲁士人突然从一边冒了出来，给了拿破仑致命的一击。而此时的格鲁希应该马上回去增援拿破仑，连他的手下都纷纷请求回援，但这个平庸的男子在犹豫了一秒钟后，做出了拒绝的决定。对于这一秒钟的意义，茨威格描写得相当精彩。

> 在瓦尔海姆的一家农舍里逝去的这一秒钟，决定了

整个十九世纪。而这一秒钟全取决于这个迂腐庸人的一张嘴巴，这是多么的不幸！倘若格鲁希在这刹那之间有勇气、有魄力，不拘泥于皇帝的命令，而是相信自己，相信显而易见的信号，那么法国，也就得救了。

对这种关键时刻和关键事件的感慨和反思，在这本书里可谓是处处可见。喜欢历史的人，常常都会纠结这样一个问题，那就是历史究竟是由无数的"偶然性"决定的，还是由唯一的"必然性"决定的。假如拿破仑当年不重用格鲁希，还会输掉滑铁卢吗？其实这样的问题并没有什么意义，因为历史没有假如。只是说已经发生的事情，我们去琢磨它，发现了偶然性也好，发现了必然性也好，都可以为我们的现在和未来提供一种经验，这或许就是茨威格写下这些历史特写的一个重要原因吧。

充满戏剧性和命运攸关的时刻在个人的一生中和历史的进程中都十分难得。这种时刻往往只发生在某一天、某一小时甚至某一分钟，但它们的决定性影响却超越时间。我想从极其不同的时代和地区回顾这样一些群

星闪耀的时刻——我之所以如此称呼它们，是因为它们
宛若星辰一般永远散射着光辉，普照终将消逝的黑夜。

所以，我也非常喜欢茨威格这句名言：历史是真正的诗人
和戏剧家，任何一个作家都别想超过它。所以我为什么在中年以
后更加青睐于非虚构类的作品，就是因为历史本身的精彩和戏剧
性，更让我沉思和着迷。

一个人生命中最大的幸运，莫过于在他的人生中
途，即在他年富力强的时候发现了自己的生活使命。

延伸阅读
————

《银弦集》《出游》《艾利卡·埃瓦尔德之恋》《早年的花环》

为你，千千万万遍

《追风筝的人》/ 卡勒德·胡赛尼

卡勒德·胡赛尼（Khaled Hosseini），
1965年生于阿富汗喀布尔市，毕业于美
国加州大学圣地亚哥分校，美籍阿富汗
裔作家、医生。

欲望是一只风筝

飘荡在高高的天上

我们追逐，我们奔跑

人生是一场救赎

盘旋在低沉的内心

有人忏悔，有人痛哭

当一切落下帷幕

可否记得当初的他

曾经为了你

千千万万遍

　　卡夫卡说过，好书会像刀子，插入你的心脏。在我读过的书里面，第一本插入我心脏的书，就是高尔基的自传体小说《童年》。我之所以会被它打动，是因为高尔基真的是以孩子纯真无邪的视角，写活了主人公那充满苦难却又不乏童趣的童年，而他写作《童年》时，大概是四十岁的样子。人真的很奇怪，童年的很多事儿，平时想不起来，到了一定的年龄后，都能想起来了。我相信无论是对于伟人，还是市井中的普通人，童年的经历、童年养成的一些性格特质，都会影响他的一生。同样，在童年受到的伤害、犯过的错误，也会久久难以释怀。

　　许多年过去了，人们说陈年旧事可以被埋葬，然而我终于明白这是错的，因为往事会自行爬上来。

　　关于记录童年的作品，这本长篇小说《追风筝的人》，是继高尔基的《童年》之后第二本插入我心脏的书，它的名气比我想象的要大得多，因为它曾经被拍成电影，拿了奥斯卡的提名奖。

　　小说从两个男孩的故事讲起：富家少爷阿米尔与仆人哈桑情同手足，说是主仆关系，但相处却更像"朋友"，只不过，少爷阿米尔性格懦弱，仆人哈桑却勇敢无畏。让这两个孩子最激动的事情，就是参加一年一度的斗风筝比赛，这比赛是阿富汗的一个古老风俗，每年冬天，他们都会举行比赛，看谁的风筝放得最久，而捡到最后那只掉落的风筝的人，将会获得莫大的荣誉。哈桑掏心掏肺地爱着这位少爷阿米尔，他一次又一次不顾危险，为阿米尔捡回了比赛中获胜的风筝，他就像上天派给阿米尔的守护神，存在的意义就是为了让阿米尔更加快乐、更加安全。

　　最后这句话的意思就是"为你，千千万万遍"。我读到这句话的时候，心中有一种战栗，充满了巨大的感动和难以言说的复杂情绪。仆人哈桑可以为了少爷阿米尔，千千万万遍；但阿米尔回报给哈桑的，却是自私、冷漠和懦弱。哈桑为了保护阿米尔的风筝，被一群不良少年强暴了，阿米尔目睹了整个悲惨过程，却因为怯懦躲在了背后。而接下来由于内心太过自责，少爷阿米尔的性格变得更加扭曲，他通过栽赃陷害的卑劣手段，逼走了哈桑和他的父亲。不久，苏联出兵阿富汗，阿米尔跟随父亲逃往了美国。阿米尔成年后，始终无法原谅自己当年对哈桑的背叛。为了赎罪，阿米尔再度踏上阔别二十多年的故乡……

　　小说的情节就讲到这儿吧，再讲就属于严重剧透了。这是一个无比残忍而又异常美丽的故事，作者以温暖细腻的笔法，勾勒人性的本质与救赎，读来令人荡气回肠。就像著名作家伊莎贝尔·阿连德评论的那样："这本小说太令人震撼，很长一段时间，让我所读的一切都相形失色。文学与生活中的所有重要主题：爱、恐惧、愧疚、赎罪等，都交织在这部惊世之作里。"

　　和伊莎贝尔·阿连德一样，在读完卡勒德·胡赛尼《追风筝的人》之后的两个星期，我整个人几乎都被小说中的人物牵绊着。童年的纯真友谊，有多少我留存了下来？人性的懦弱和狭隘，又有多少也在我身上或多或少的存在？而曾经说过的谎言、犯过的错误，我是否想过，用一种真正的勇气去悔改？这些问题，我想应该不是只有我一个人需要去反思、需要去面对。

《追风筝的人》是卡勒德·胡赛尼的第一本小说，作家将自己的经历和经验交织在了小说创作中。胡赛尼比我小差不多两岁，他1965年出生在阿富汗喀布尔，父亲是外交官，家里条件和社会地位都很不错。然而1979年苏联出兵阿富汗，中断了他原本幸福的生活。为了躲避战争和政治迫害，全家移民到美国加州。胡赛尼说，他和他的兄弟在喀布尔度过的日子就像书中的主人翁阿米尔和哈桑那样，每年冬天，他们都会去参加斗风筝比赛。其实《追风筝的人》写完后，对于是否拿去投稿，胡赛尼心里曾经纠结过。因为就在他写到一半时，"9·11"事件发生了，胡赛尼提到了他当时的担心："我认为全美国没有人会听一个阿富汗人的诉说，就算我的书有可能出版，但人们干吗要买它呢？那些在美国土地上制造了有史以来最大惨案的人就在某人的祖国进行训练（拉登）。而且我还担心，当时把书稿投出去会有机会主义的嫌疑，好像我在利用一个悲剧。"

胡赛尼的担心不是没有道理，但后来的事情完全出乎他的意料。《追风筝的人》2003年出版后大获成功，蝉联亚马逊排行榜131周之久，全球热销600万册，创下了一个出版奇迹。胡赛尼本人也因此获得了2006年的联合国人道主义奖，并受邀担任联合国难民署亲善大使。

《追风筝的人》之所以能有这么大的影响力，在我看来，书中对战争苦难的描述，对人性复杂的揭示，完全已经超越了一个国家、一个民族，它足以唤起所有人的反思和共鸣。今天，我们时不时从电视上能看到关于阿富汗的新闻或者纪录片，从苏联出兵到塔利班政权垮台，这片土地没有一刻有过安宁、有过和平。但这里的人们在过去这几十年，究竟过着一种怎样的生活？恐怕看了这本书，你才会有更真切的体会。比如阿米尔回到阿富汗后，哈桑告诉阿米尔，自己的父亲因为踩到地雷被炸死了，接着哈桑就自言自语了一句："阿富汗人还有其他死法吗？"还有，塔利班掌权后，哈桑和妻子上街买土豆，店主耳朵不太好，于是哈桑的妻子提高了说话的声音。这时旁边一位年轻的塔利班士兵过来就用木棒重重地把哈桑的妻子打倒在地，而原因居然是哈桑的妻子违反了塔利班关于妇女不能高声讲话的规定。你看哈桑在给阿米尔的信中，曾写下了这样一段触目惊心的话：

阿米尔少爷，你少年时的那个阿富汗已经死去很久

了。这个国度不再有仁慈，杀戮无从避免。在喀布尔，

恐惧无所不在，在街道上，在体育馆中，在市场中……

在这里，这是生活的一部分。

　　这是一种什么样的生活，今天我们能想象吗？那这本书另外一个让人深思和感慨的主题，就是关于人性的救赎。书的后半部分，就是阿米尔一场艰难的自我救赎之旅。阿米尔童年时执着追逐的风筝，在我看来，其实有一种非常强烈的象征意义。我们在人生的不同时期，都曾不惜一切去追逐当下最执着的、最想要得到的事物，它也许是意中人的芳心，也许是工作中的一次升职，还可能是为了互联网新媒体而放弃了你正在坚守的岗位……为了追到心中的那只风筝，我们奔跑着，一直向前，眼中心里想的都是它。可是当时光滚滚向前，我们也许会猛然惊醒，停下来反问自己：那些曾经执着追寻的东西，真的值得我们不顾一切吗？那些为了得到而做出的背叛、谎言和隐忍，在余下的人生里，需要付出的成本，可能远远超出我们的预计；甚至，身边那个真正愿意为你千万遍的人，却因为你眼中只有天上的风筝，被你丢弃在了一个再也难以找回的角落里。

生活不仅有眼前的苟且，也有天上的风筝。心中不仅应该有诗和远方，还应该有底线和坚守——这大概就是《追风筝的人》告诉我们的有价值的信息。

"谢谢你们阅读这本书，愿你们的风筝飞得又远又高"，这是胡赛尼的祝福。

延伸阅读
————

《灿烂千阳》《群山回唱》

多少荒唐事，皆付夜谈中

《夜谭十记》/ 马识途

马识途，本名马千木，1915年1月生于
四川忠县（现重庆忠县），中国当代作
家、诗人、书法家。与巴金、张秀熟、
沙汀、艾芜并称"蜀中五老"。

花四十年写一本书

算不算久?

用一百年参悟人生

能不能透?

他以一个世纪的沧桑

为天下立言

凭九死犹未悔的坚韧

为生民树德

多少荒唐事,皆付夜谈中

姜文导演的电影《让子弹飞》就像一颗子弹,以尖锐深刻的讽刺寓意,酣畅淋漓的阳刚之气,在中国电影的舞台上"飞"了起来。这部电影票房不错,口碑也是大获好评,我想姜文首先要感谢的人,应该就是作家马识途。因为电影的故事就是由马识途这本小说《夜谭十记》里面的其中的一记《盗官记》改编的。可以说,先是马识途在文稿上创作出了一个个性鲜活的张牧之,然后姜文才有可能在荧幕上演活一个智勇双全的张麻子。当然,也是因为电影的热映,马识途这位年事已高的成都老人,才重新走进了公众的视野。

　　马识途同巴金、沙汀、艾芜、张秀熟这四位老爷子并称为"蜀中五老"，是公认的巴蜀现当代文学史上，继郭沫若、巴金、李劼人等之后最具影响力的作家之一。他这本给了姜文创作灵感的《夜谭十记》，一共包括了《破城记》《报销记》《盗官记》《娶妾记》《禁烟记》等十个篇幅不等的故事。它的写作形式，类似于文艺复兴时期意大利著名作家薄伽丘的代表作《十日谈》。同样采取十人轮流讲故事的方式，马识途是真实再现了二十世纪三四十年代中国的社会百态，而且川味十足。即使故事情节很传奇甚至血腥、满纸荒唐事，但讲起来却显得很轻松，这十个故事的讲述者都设定为亲历事件的政府机关里的科员，每个人还有一个雅号，比如《盗官记》就是一个叫张科员的人讲的故事，雅号"巴陵野老"，说起来是虚构的故事，但是很多场景又非常写实。

　　你们去过成都吗？那里有一个少城公园，少城公园里有一个鹤鸣茶社。在那里有一块颇大的空坝子，都盖着凉棚，凉棚下茶桌和竹椅，密密麻麻坐满喝茶的茶客，热闹得很。

少城公园就是现在的人民公园，眼下这番风景还在，只是姜文没把场景设计在成都。所以只有当你手捧这本书并且阅读它，你才能读懂马识途，才能发现他的创作于当下的意义。而当你了解马识途的经历和写这本书的过程以及它背后的故事，你更会觉得这本书太有意思。

马识途在二十世纪三十年代就开始从事地下工作。地下党的危险性和复杂性，我们只是通过影视剧知道一些皮毛，但是实际情况远远不是影视剧作品所能表达的。不过特殊的身份和丰富的经历，也为他后来的文学创作提供了源源不断的创作灵感，并使得他的作品风格别具一格。说起这本《夜谭十记》的创作，还得回到二十世纪四十年代初马识途在西南地区潜伏的经历。

和许多地下党一样，为了掩盖身份，这期间马识途当过教员，当过学生，也当过公务人员和贩夫走卒，甚至还做过流浪汉，交往了三教九流各色人等。通过这些人，马识途听到了很多闻所未闻、千奇百怪的龙门阵。后来，他又在一个县政府里担任文化馆长，晚上常常和那里的很多科员聚在一起，喝茶、聊天、讲故事。《夜谭十记》中《娶妾记》《报销记》等章节的故事素材，就是在这一时期积累起来的。也是因为听多了老科员们摆的龙门阵，《盗官记》中滑稽荒诞的师爷，还有公然买官的恶霸形象，才在马识途的脑海里逐渐清晰起来。

这段地下工作的经历，除了让马识途积累了丰富的故事素材，也让他练就了敏锐洞悉人间百态的观察能力。在国统区搞秘密工作，就像是在刀尖上行走，因此在工作中，为了伪装自己，马识途学会了"变脸术"。他的衣服和帽子都是双面的，眼镜也是两副，再把胡须蓄上，有需要就马上剃掉，这样就可以随时变装，跟换了个人似的。只不过，变装不能只换外表，还得把性格和气质都装得恰如其分。所以马识途平时必须仔细地观察人的表情、动作、特征，而且还要牢牢记在脑子里，以确保装起来像那么回事。这样一来，逆来顺受的农民、颐指气使的官员、胆小怕事的摊贩，这些不同人物的性格、形象特征，在马识途的笔下，三言两语就能描绘出来。

当然，写出一部好的文学作品，不是只有故事和经验就可以的。实际上马识途一直都是个文学爱好者，入党之前，他就在全国性的报刊上发表过短篇小说。后来，他还奉命去报考西南联大中文系，以学生的身份展开群众工作。就是在这个过程中，他得到了一份意外的收获：沈从文、李广田、朱自清、闻一多等这些大师级的人物，成了他的老师，这也让他看到了把自己心中的故事写成小说的希望。

1942年，马识途在工作之余开始动笔创作《夜谭十记》，写出了《破城记》和《盗官记》，越写越来劲，可就在这时，有人从国民党党部调查室看到了一份黑名单，其中马识途被注明是"必须消灭的危险分子"。情况紧急，马识途立马转移，为了不留下任何蛛丝马迹，转移前，马识途狠心销毁了自己辛苦写成的《夜谭十记》第一稿。

此后，马识途调往成都，任川康特务副书记，在紧张、危险而又繁重的工作之余，马识途再次动笔，写下了《禁烟记》等故事篇章。他以嘲讽的笔调，写下了一幅幅充满黑色幽默的社会群像，直指国民党政府的腐败无能，并暗含了革命才有出路的思想。

不过在那个年代，任何只言片语，都有可能成为特务的把柄。因此写了这些带有革命思想文字的马识途，也成了被特务重点盯梢的对象。为了保护党组织，也为了保护自己，他只有第二次无奈地烧毁了自己的手稿。

1949年中华人民共和国成立后，马识途开始第三次创作《夜谭十记》，从每晚11点开始写，到凌晨两三点结束，开了180多个夜车才完成。然而就在这时候，"文革"爆发，这次小说文稿没来得及烧毁，被当作了罪证，人也被关进监狱，直到

1979年平反，他还想再写，但是很难了。

还好，有一天偶然在破纸堆里找到了一份当年供批判用的《破城记》的油印稿，这令马识途喜出望外。他赶紧把《破城记》发表在《当代》杂志的创刊号上，大受欢迎，马识途也受到鼓舞，开始了《夜谭十记》的第四次写作。直到1983年，全书才得以正式出版，那一年，马识途已经68岁了。

就是这样一本书，谁能想到写完它，硬是用了四十年时间，而且这期间风云变幻莫测，令人唏嘘不已，他自己也相当忐忑。

我已老了，这部书也老了，和现代流行小说相比，落伍了，谁还想看这些几十年前陈谷子烂芝麻的记录呢？谁还耐烦去听茶馆里慢吞吞地摆着的龙门阵呢？

但是《夜谭十记》不仅第一次出版的时候就收到热烈反响，时隔30多年还能够再度走红，让年轻的读者愿意再次去阅读这部优秀的作品，这一点，姜文、周润发、葛优他们功不可没。而面对接踵而至的赞美，马识途始终表现得很淡然。如今，已经108

岁的马老，和很多普通的老人一样，深居简出。老人家想让大家记住的，也不过是《夜谭十记》里那些穿过了岁月烟尘，却依然熠熠生辉、让人倍感亲切的文学背影罢了。

延伸阅读

————

《清江壮歌》《沧桑十年》《在地下》

扫描二维码

◇观看节目

◇静听朗读

◇心意书单

陆

西望东方

当老外遇到四川方言

《民国四川话英语教科书》/ 启尔德

启尔德（O.L.Kilborn，1867—1920），
加拿大人，美国金斯顿王后大学医学博
士。华西协合大学的开创者之一，大学
理事会主席。

如果只把它看作是一本教科书

那么在今天看来，它几乎没有什么价值

当我们翻开它

穿过百年烟尘，回到那个时代

展现在眼前的，是这座城市的市井

以及东西方文化的交融

用方言写作的大家，我印象中北有老舍，南有李劼人。老舍的《四世同堂》《骆驼祥子》京味十足，南方人也能读懂；李劼人的《死水微澜》《大波》里那些场景描述和对话，基本都是成都话，成都人读起来就特别舒服，这种舒服，外地人就不一定懂得起了。这两位先生写的东西，都是二十世纪初的故事，我在想，那时候四川还没有普及普通话，那些到成都来的外国人要学中文，他们该怎么学呢？会不会也像我们年轻时学英语一样，用汉字注音，什么"英格里希""好啊友"之类的呢？你别说，我还真的蒙对了。

这本《民国四川话英语教科书》我是淘来的，是一本"老书"，于一百多年前的1917年出版，作者是加拿大医生启尔德。我拿到书之后一口气就看完了，确切地说是读完的——把里面的中文字一条一条读出声来，这个乐趣，只有懂四川方言的人才能享受，因为作者的文字，用现在的话说，几乎都是"老式川普"，而且还用了罗马拼音标注发音，比如"煞角，把东西收一下"，用"SHA GO"标注"煞角"的发音，这个发音和现在的成都话已经有点不一样了，他写的这个"煞角"啥意思？就是完毕、结束的意思；"把东西收一下"的"下"，注音不是"XIA"，是"HA"。

启尔德这本书说是教科书，但估计不会用来考试，他主要是拿这个来跟成都当地人日常生活做最基本沟通用的，相当于一套四川话词典，所以在词义和字义上也不讲究准确，关键是要把发音搞定。比如说，按当年的成都土话，"在哪里坐？在北门上铜丝街坐。"这个"坐"字，应该是表示"住"的意思，但书里并没有解释出来。类似的字句，还有很多，看完，你会发现，那么洋盘的英语和土啦吧唧的四川方言糅杂在一块，实在太好玩了。

而今天给你介绍这本书，不仅是因为它好玩，更因为这本书不经意间留下了当年成都的市井生活印记，是那个时代语言、民俗和文化的标本，这种标本在当年的文学作品和纪实文献里可能都很难看到。比如说启尔德是个非常讲究卫生的人，书中有大量章节是教用人如何打扫房间，包括洗碗怎么洗，抹灰该咋个抹，洗衣裳用啥子洗。

　　赵兴顺，今天要洗衣裳，把大锅掺满水，底下烧
火，把这一块胰子，切成片片丢在里头，把白的、给有
颜色的衣裳分开，把白衣裳丢在锅里头煮，煮十几二十
分钟就拿起来，丢到脚盆头……

　　这样洗衣服的方式现在已经没有了，作者这么细致地教一
个用人洗衣服，还要用成都话来说，我在想象他们交流的样子，
一个老外急慌慌地拿着这本会话工具书，一字一句，很用劲地跟
成都人说方言的样子，肯定很有趣。而作者笔下的"王长兴"和
"赵兴顺"，出镜率极高，在里面扮演着各种角色，一会儿是厨
师、仆人、挑夫，一会儿又是会计、保洁等：

　　"王长兴，东西整归一了没有？""赵兴顺，你把
这个箱子拢过去。"

最有意思的是启尔德在这本书中三番五次地强调"把细，指拇不要痴在汤里头去、不要痴到茶杯头去"，成都方言里面，"指拇"就是手指头，"痴"就是"伸"的意思，这句话顺起来就是"不要把手指头伸到汤里面去"。估摸着在日常生活里面，"赵兴顺""王长兴"们经常不小心把手指伸进茶水和汤菜里面去，让启尔德很抓狂。

这些书里的四川话应该是一百多年前地道的四川方言，现在估计有30%以上的都不用了，比如书中出现的这个"痴"，在二十世纪八十年代出版的《四川方言词典》里面就找不到"痴迷痴眼"这个用法了。

说到这里，就不得不提到方言的魅力和传承了。现在有不少人把方言保护问题提到了文化传承和非物质文化遗产的高度，认为方言是文化的活化石，如不加以保护，许多地方文化将会消失。当一种语言消失后，与之对应的整个文明可能也会消失，话虽然重了一些，但是这足以引起我们的重视。尤其是面临强势语言、全球化、互联网的冲击，很多方言正面临逐渐消失的危险，最直接的表现是很多年轻人不会讲也听不懂方言了。

我记得1992年，法国《宪法》规定法语为法国唯一的官方用语（你知道法国人从来都是以法语为骄傲，特别不愿意你和他讲英语），即使他们如此重视自己的语言，他们还是发现各地方言的流失，尤其是普罗旺斯地区的方言，这对一个以民族文化为自豪的国家来说是很大的潜在危机。所以法国人花了很大的力气、投入大量经费，重新挖掘和保护地区的语言和文化，每年的政府预算里面有专门一笔钱用于方言保护和推广。

说了半天，这个启尔德是谁我差点忘了介绍，这么说吧，成都现在有两家医院是启尔德当年创立的，这事咱不能忘了：一个是四圣祠街的"福音医院"，四川第一所西医性质的医院，就是现在成都市第二人民医院的前身；另一个是在世界医学界都赫赫有名的华西医院，今天你去那里，你会发现，那里人之多，比春熙路还热闹。"福音医院"刚刚创办的时候，启尔德定了一个规矩，对出不起钱的穷人，"治疾不收取半文，且资助钱粮"，就是说除了免费治疗，住院期间还可以包吃包住。应该说，这个随时纠结王长兴"指拇不要痴到汤里头去"的启尔德，对待病患是十分体贴了。

尽管如此，他还是遭起了，因为他被卷进了一场震惊中外的事件——史称"成都教案"，启尔德是引爆人，更是亲历者。

关于这场悲剧，有不少文献做过描述，李劼人在《死水微澜》里讲得很有激情，因为是罗歪嘴给蔡大嫂念的一篇主张打教堂的文章，痛骂洋鬼子，看了以后很容易激起爱国热情。英国人立德夫人1901年出版的《穿蓝色长袍的国度》也记录下了1895年四川人反对洋人的暴力事件。那个时候西医初来，大家对它的疗效感到不可思议，怀疑西药是不是搞了什么鬼，而且那些老外整天躲在福音医院和教堂里搞研究，大家怀疑他们在干些见不得人的勾当。后来有人看到医院的玻璃瓶里用福尔马林浸泡的死胎标本，更引发了"福音医院用死小孩泡药酒做药引"的说法，再加上西医解剖学图例这一类的东西，让不了解西医的成都人开始感到恐慌和愤恨。如果哪家孩子丢了，就更不得了，到处传言洋人偷中国孩子，挖小孩的眼睛，用小孩榨油、做实验，即使王长兴、赵兴顺他们明明知道不是那么回事，也不敢站出来做证明。

当时逢端午节，成都有一项民俗活动是"扔李子"。那天启尔德和一个传教士做完手术路过此地，被几个小孩扔李子打了一下。很难讲这个行为是出于善意还是恶意，最终引起了一场吵架。这场架，双方可能都是使用成都方言，也可能一边是方言，一边是英语，反正情绪都很激烈，越来越多的成都人包围了启尔德他们，都是怒目而视，启尔德他们惹不起，赶紧躲回了教堂。

于是，众人围攻教堂，高喊着要"杀死他们"，从来没有见过这种阵仗的启尔德吓惨了，躲来躲去，到处找地方逃命，最后他被迫对天鸣枪示警，人群一下子炸开了锅，四处逃窜，启尔德才有机会逃生。但是，开枪吓唬人的做法把大家惹毛了，越来越多的人冲进教堂，把福音医院砸了，教堂烧了，而且风潮很快从成都传开，席卷整个川西南地区，包括重庆、万县、泸州、宜宾等地绝大部分的教堂和教产差不多都遭洗白（20多座教堂）。最初睁只眼闭只眼的清政府这时候发现问题严重了，只好赔钱（1500两黄金），事情才平息下来。启尔德拿赔款在原址重修了教堂和医院，就是现在成都的二医院。

这事件发生22年后的1917年，这本《民国四川话英语教科书》出版了，这20多年间，中国已经由清朝变成了民国，启尔德的成都话也说得很顺溜了，所以有本事编撰出这本工具书来，而且他们那些出生在成都、生长在成都的后代，也都能讲一口流利的四川话。只是我觉得，虽然双方的言语可能听得懂了，要达成真正的沟通交流（内心的），还是非常困难的。

现在，成都二医院背后四圣祠街的教堂里，还有人在唱赞美诗；启尔德他们筹建的华西医大附属医院，现在已经变成世界单体规模最大的医院。而这本《民国四川话英语教科书》今天能够再版，还能引起人们这么多的共鸣，至少说明现在的交流和沟通，有了更大的包容性，已经上升到了一个更高、更宽泛的层面，这是好事。

镜头中的成都旧影

《回眸历史：20世纪初一个美国人镜头中的成都》/路得·那爱德

路得·那爱德（Luther Knight, 1879—1913），生于美国爱荷华州，就读于伊利诺伊州西北大学和马里兰州约翰·霍普金斯大学，并在美国的两所大学任教。1910年6月，与四川高等学堂签署援教合同，是年8月从美国经日本到达中国，后从上海沿长江西上，于10月抵成都，在四川高等学堂教授算学、化学和地质学。

如果说历史如一幅画卷

那是因为

有心人为我们保存了

珍贵的瞬间

百年前的外国人带着相机

把那个已经远离了我们的城市

鲜活地呈现出来

美国人路得·那爱德在二十世纪初来到成都，在四川高等学堂，也就是现在的四川大学教书。教书之余，他经常拿着相机在成都的大街小巷和周边的城镇山区转悠，拍了很多照片，最后保存下来了差不多500卷底片胶卷，这本书就是其中一部分底片扫描打印出来的。那爱德虽然算不上是最早拍摄成都的人，但他是比较集中且大批量地记录成都和四川的风土人情的人之一。

在外国人拍摄的关于近代中国的影像中，很少能看到成都或四川的照片，比如《中国摄影史》，整个十九世纪的照片中没有一张成都的照片，那时的外国人几乎都在北京和中国沿海地区拍摄。不过，据我所知，拍摄成都最有名的人可能还不是那爱德，而是和那爱德同期到过成都的德国人魏司夫妇。魏司拍的那些成都的码头，推着鸡公车、绑着大肥猪到成都赶场的乡下人，酷似今天宽窄巷子的成都街道，魏司对成都街道可真的是充满了好感：

　　成都的主街道很宽，用砂岩板铺得整整齐齐。街道上虽熙熙攘攘，街上的人们却不像中国其他一些城市那样推推搡搡，让你浑身紧张，透不过气来。成都是一座富有、干净而且也很能自我满足的城市。商业街两旁的商店都布置得很好看，店铺老板将奢侈品、毛皮、银制品、绣品等陈列得整整齐齐，令人愉悦。

　　除了德国人魏司之外，还有一位稍晚些到过成都的美国人西德尼·甘博，1917年他曾在四川拍了471张照片，少量收录在《风雨如磐——西德尼·甘博中国影像》中。他记录了都江堰的竹桥、成都北门大街，还有他自己坐着鸡公车从新都回成都途中的照片，可惜在那本书里四川的照片选用有限，估计不到10张，不能过瘾。不过甘博在自己的书里，提到他是受了那爱德的影响，才到中国来拍摄照片的。这让我更觉得那爱德可爱，因为我生在四川，在成都这座城市已经生活了好几十年了，我太喜欢它的现在，所以我才那么想了解它的过去。可以说，那爱德让我好好地过了这把瘾。

那爱德的这本书里有自然风光和街巷市井，也有各式各样的人物表情。自然风光这一类，最吸引我的起码有两张。一张是彭县（今彭州市）的龙兴寺塔，真是一个奇观，一座塔裂成两瓣居然没倒，那是明朝弘治年间地震震裂的，那爱德是1913年拍的，就这么屹立了几百年，不过现在又重新修了一座；还有一张是长江三峡的河谷码头，从这些照片中你可以发现，那爱德对四川的自然风光充满了热爱，不妨跟随那爱德的文字，来欣赏他拍的三峡旧影。

在巫峡和西陵峡之间有一段宽谷地带，这条河大约有一英里宽，在阳光的照耀下泛着深黄和土褐色泽，上千条小船张着巨大的帆，布满水面，水很深，流动非常快……柔柔的清风吹拂着扬子江，使船舱充满了倾城的气息，远处群山矗立，我很快乐。

今天你再去三峡已经看不到这样的景色了，同样看不到的还有叠溪古镇。叠溪古镇曾是川西北高原上重要的军事重镇，就在茂县东南不远处，整个镇子背靠七珠山，面向滔滔江水。因为这里地理位置非常重要，从汉代起，历代王朝就一直不断地经营建设着叠溪古镇，使得这里的经济文化相当发达。可怕的是1933年，这里发生了7.5级大地震，部分中心城镇几乎笔直陷落了500—600米，旁边21个羌寨也全部覆灭，叠溪古镇就此被埋进了历史。幸好有那爱德，为我们保存了这无比珍贵的历史记忆。

　　　1911年11月下旬，大汉四川军政府的建立，宣告了
　　清王朝在川统治的灭亡，当天成百上千成都民众如潮水
　　一般涌进皇城参加庆典活动时，四川辛亥革命的巨大波
　　澜已达到高潮。欢庆新政的热烈场面以皇城巍峨楼堂殿
　　宇和宽坦的场坝庭院为依托，情景交融为一体。

辛亥革命爆发的时候，那爱德正好在成都，他为我们留下了那个关键历史时刻的珍贵影像。比如成都刚建立起来的警察队伍，成都二仙庵的劝业会的颁奖仪式，还有面对突如其来的革命

大潮有点不知所措的底层市民，他们不少人脑袋后面还拖着长辫。虽然是庆典活动，但看照片里这些人物的表情，很难确定他们是高兴还是忧伤，因为这时他们还不知道这汹涌的革命大潮究竟能给自己带来什么。除了辛亥革命这种历史大事件，在那爱德的照片中，更多的还是当时四川和成都的风土人情、街巷风光。看那些照片中的城墙楼宇、墙角边做女工的大娘和三三两两玩耍的小童，这一幕幕遥远却又亲切的画面，可以让你静静地沉浸在时光的长河里，回到昔日成都，重温芙蓉旧梦。

　　　　在四川人俗称的"赶场"天，位于成都北郊的青龙场街区空坝里，摆满了盛产于冬天的新鲜果蔬，其中，以下霜后收获的大萝卜数量最多，菜质最佳。摊区走道上一幼童手举长达一米余的灯草正在游售；菜摊后摆设桌凳、几处小吃、便饭摊点，正待客人来进餐，正面屋檐下还有几个人正在理发。

　　想了解一百年前的成都，我觉得有两个办法可以试试。一是读李劫人的小说《死水微澜》，他用生动鲜活的文字，还原了当时成都地区的市井百态、风土人情；二是细细品味包括那爱德、西德尼·甘博、魏司等在内的摄影师的书，他们用镜头忠实地记录下了这座城市的诸多细微之处。据说那爱德本来还计划趁着1913年回国探亲时，到开罗、巴黎和伦敦展出照片，向全世界介绍中国，介绍成都。只可惜最终没能成行，因为就在他即将回国的时候，那爱德因病在成都去世，他的遗体被安葬在成都北郊的凤凰山墓地。

这些年我搜集了很多关于老照片的书籍，这些老照片或许没有文字那么翔实、系统，但要比文字直观生动得多。"两色黑白穿历史，百千景物越时空"，和成都有着不解之缘的诺贝尔文学奖终身评委马悦然，二十世纪四十年代在成都春熙路的茶馆里，用钢丝录音机录下了成都人说话的声音，为现在研究四川方言留下了宝贵的资料。就像那爱德、魏司用自己的相机，为老成都留下了大量宝贵的影像，不可否认的是，近代中国很多珍贵的历史材料，多是一些热爱中国的外国人收集完成的，所以不管我们如何评价那个积弱不堪的时代，对于那些真心喜爱中国并为我们保存了历史记忆的外国人，都应该心存感激。透过这些老照片，你可以感受到那爱德、魏司他们对中国城市的一份真挚感情，那也是和马悦然一样的——另一种乡愁。

延伸阅读

———————

《华西印象——一个美国人1910~1913在西部中国》

扫描二维码

◇观看节目

◇静听朗读

◇心意书单

唯愿艺术不再逃难

《艺术的逃难：丰子恺传》/ 白杰明

白杰明（Geremie Randall Barmé），澳大利亚历史学家、文化批评家、汉学家和翻译家，现任澳大利亚国立大学中华全球研究中心主任，主要研究领域为十七世纪以来的中国文化史。代表作《艺术的逃难：丰子恺传》曾获列文森中国研究书籍奖。

人生如寄

每个人都是过客

然而曲终人散之后

有人却如同一钩新月

在如水的夜空中

明亮动人

艺术，不再逃难

大师，亘古永远

　　有一年情人节，网上流传着一张感人的照片，一对依依惜别的鹅，其中一只也许是要被带走宰杀的，另一只向它道别，"与君吻离别，相送到村口。夕阳长身影，从此各天涯"。也许是因为网友们有爱心，据说后来它们重逢了，免于死别。当时我看到这张照片的时候，脑子里立马就浮现出丰子恺画的一幅漫画——"今日与明朝"，这是《护生画集》第三页上的一幅画，画的是两只鸭子，先前它们在水中自由自在地泛着清波，被人宰杀之后，挂在市场上售卖，即将成为盘中餐。这幅近一百年前的画，和那一对鹅多像啊。为这幅画题诗的是弘一法师，诗中表达的，也是一份护生怜物的慈悲心怀。

日暖春风和，策杖游郊园。

双鸭泛清波，群鱼戏碧川。

明朝落网罟，系颈陈市廛。

思彼刀砧苦，不觉悲泪潸！

　　想到那鸭子在案板上被人宰割的场景，弘一法师不禁泪流满面。这套《护生画集》一共六卷，前两卷是丰子恺和恩师弘一法师合作完成，一位绘图，一位题诗。后四卷，是丰子恺为了实现师父的期望，兑现自己的承诺，穷尽一生而先后完成。从1927年开始创作第一卷，到1973年完成最后一卷，丰子恺用了近五十年的时间，才完成了这套护生护心的传奇巨著。《护生画集》无疑是丰子恺的代表作，但如果仅仅想通过这套书来了解丰子恺，肯定是不够的。大师一生的追求、坚持和磨难，比我们通常知道的要丰满厚重得多。所以给大家推荐这本书《艺术的逃难：丰子恺传》，也许你可以从中对丰子恺有更多的认识。

　　《艺术的逃难：丰子恺传》曾获得过"列文森中国研究书籍奖"，这是海外一个很重要的关于中国的书籍奖，以美国著名的汉学家列文森命名。但说来可能让我们比较惭愧的是，这本关于丰子恺的权威著作不是中国人写的，而是一位澳大利亚的历史学家写的。这哥们年轻的时候曾在中国留学，对中国文化很有感情，还给自己起了个中国名字——白杰明。据说他会讲一口纯正的京片子，用中文写的杂文，还带点鲁迅的风格。不过，这本书的原文是用英文写成的。

这本书之所以会叫《艺术的逃难：丰子恺传》，源于丰子恺先生自己的一篇文章的标题。文章讲的是抗战时期，日军来袭，丰子恺携全家逃难，途中遇上了自己的粉丝要签名儿和画儿，搞定之后，粉丝高高兴兴地安排了一辆车子，这才载着丰子恺全家老小平安逃走。因为艺术而成功逃难，就是这样的一段故事。但白杰明用这个标题，除了向大师致敬，还有更深的用意。在很长的一段时间内，丰子恺的作品价值曾被严重低估，有人说：这不就是一个儿童漫画家吗？丰子恺真正获得他应有的历史评价，都是二十世纪八十年代以后的事情。一代大师，从被误解到渐渐正名，这样一个曲折艰辛的过程，在作者看来，就是一场"艺术的逃难"吧。

今天说到丰子恺，相信大多数人第一时间想到的就是他画的那些充满童真的漫画，应该没有人不喜欢吧。除此之外，丰子恺也是位非常优秀的翻译家、散文家。他翻译的《源氏物语》，至今仍是这部日本古典名著的经典译本。而说到他的散文，至少在我看来，是不输于那个时代那些专门以文章扬名的大家的。

> 倘到杭州，你可在塘栖一宿，上岸买些本地名产的糖琵琶、糖佛手；再到靠河岸的小酒店里去找一个幽静的座位，点几个小盆，烫两碗花雕。你尽管浅斟细酌，迟迟回船歇息。这种富有诗趣的旅行，靠近火车站地方的人不易做到，只有我们石门湾的人可以自由享受。

我觉得理解丰子恺，首先应该从他的成长环境开始。他是在文脉深厚的江南水乡成长起来的一个温良少年。从小深受传统文化的熏陶和淳朴乡镇生活的浸染。后来他到浙江第一师范上学，遇到了生命中最重要的一个人——李叔同，也就是后来的弘一法师，这才坚定地走上了绘画的道路。

丰子恺在年轻时经过了非常严格的西方绘画训练，我曾经问过一个懂画的人，他告诉我，丰子恺的画看似简单，实则非常难画，需要很深的功力。所以以丰子恺的能力，他完全有可能成为另一个徐悲鸿、林风眠，但为什么又没有，而是成了中国漫画第一人呢？我觉得，这既来自他从小养成了一份情怀，也来自他与众不同的人生机缘。

古人说：经师易得，人师难求。丰子恺是幸运的，在他一生中的不同时期，有意无意，他总能遇到照亮自己前行道路的人。李叔同和新儒家大师马一浮，可看作丰子恺一生的精神导师，而日本漫画家竹久梦二，则直接启发了他的绘画风格，还有一代美术大师陈师曾，应该是促使他将画笔指向底层人物的关键人物。正是在这些前辈大师的引领下，丰子恺一开始真正的创作，就遵循内心的召唤，而非所谓的技法流派。他是一个思想先行的人，更是一个坚持用赤子之心观察理解世界的人，所以那看似简单的寥寥几笔，却总能击中人心最柔软的部分，就像他最热情的粉丝朱自清所赞扬的那样："我们都爱你的漫画有诗意。一幅幅的漫画如一首首的小诗——带核儿的小诗。你将诗的世界东一鳞西一爪地揭露出来，我们这就像吃橄榄似的，老觉着那味儿。"

正如朱自清的评价，丰子恺作品中所展现出来的那份"童心"以及"同情之心"，一直是很多人喜欢他的一个主要原因。但如果我们往深一层理解，就会发现，在那个年代，要画出这份童心和同情之心，其实非常不容易！二十世纪二三十年代的中国，国家内忧外患，政治风云变幻，文化界也因此处在一个剧烈分化的时期。越来越多的文化人坚信，文学艺术的目的，应该是服务于革命和宣传，所以当年丰子恺的这些画，是没有少挨骂的。但他一直深信在意识形态和国仇家恨之外，还有一种更加永恒的，需要我们加以珍惜和爱护的人生态度，并终生温和而又从容地恪守着这份信念。这一点，才是我最尊敬丰子恺的地方。台湾学者杨牧在1982年版的《丰子恺文选》序言里，曾写下了这样一段话，我认为是对先生最精准的评价：

> 丰子恺确实是二十世纪动乱的中国，最坚毅笃定的大师。在洪涛汹涌中，默默承受时代的灾难，从来不彷徨呐喊，不尖酸刻薄，却又于无声中批驳喧嚣的世俗。通过绘画和文学，创作和翻译，沉潜人类心灵的精极，揭发宇宙的奥秘，生命的无常和可贵。

关于丰子恺，我们之前了解得实在太少。通过《艺术的逃难：丰子恺传》，我们可以知道丰子恺最大的成就，或许就是在变幻无常的时代，始终保持了一种自在的精神。这种人生态度，在今天，仍然显得弥足珍贵。

延伸阅读

———————

《缘缘堂随笔》《缘缘堂再笔》《随笔二十篇》《画中有诗》

剪不断，理不乱

《另一种乡愁》/ 马悦然

马悦然（Goran Malmqvist，1924—
2019），瑞典人，著名汉学家、瑞典汉
学研究者、翻译家，诺贝尔文学奖十八
位终身评委之一。

一个瑞典小伙

会说成都方言

喜欢成都美食

娶了成都媳妇

交了成都朋友

可惜你不能再来成都

1949年10月，在北京宣布新中国成立的那个翻天覆地的时刻，25岁的瑞典人马悦然正悠然地坐在成都春熙路一家茶楼里，用一架老式钢丝录音机录制茶馆中成都人说话的声音，同时还进行现场解说：

　　我正坐在春熙路一个茶馆里的一张桌旁边，一群好奇的人们把我围到。他们很难想象……这个有点疯疯癫癫的外国人坐在那儿对到一个机器在自说自话。中国茶馆是一个非常好的设施：在那里你可以聊天，谈论政治，或者做生意。你可以理发或刮胡子，甚至还可以坐在位子上给你掏耳朵。

这个叫马悦然的瑞典小伙儿到成都是来研究四川方言的，之前他在乐山、峨眉已经调研了一两年了，他也会说一些"西南官话"，只是当时恐怕他自己也没想到，他对中国语言研究的贡献那么大。他后来写作的《西部官话音韵研究》和《四川方言造句结构的限制形式》，分量很重，而且他还翻译了许多优秀的中国图书，从《诗经》《楚辞》《水浒传》《西游记》，到郭沫若、闻一多、沈从文等人的作品，甚至还有北岛、顾城的诗歌，更厉害的是，马悦然花了很大工夫把《春秋繁露》这种中国人读起来都很吃力的西汉董仲舒的作品译成了英文，这个瑞典小伙真是比不少中国人还有中国学问。

有一次马悦然跟流沙河先生探讨学问时说："你注意到没有，那个《水浒传》中有一个问题，前面说林冲一字不识，是不是？"流沙河说没注意到，马悦然请他翻一翻书，果然有，他说后面林冲又写了一首诗，还把诗写下来了。流沙河"哎呀"了一声，说："我怎么没有注意到！"

流沙河先生十分佩服马悦然在汉学方面的研究，还给他写过这样一封信："先生读《左传》之深入，研《切韵》之细致，译《水浒》之用功，析'大同'之独见，皆具学术水准，不愧为当代之汉学大家。至于成都方言之研究，乐山方言仄声和入声之把握，在海外已堪称绝学，尤其难得……"马悦然后来成了瑞典学院院士、诺贝尔文学奖终身评委，这哥们还真就是一中国通，而且他也把中国当作他的第二故乡，他不仅在峨眉山当过八个月和尚，不仅会不时冒几句四川话"莫得问题得""啥子""莫来头"，还娶了一位成都姑娘、做了成都女婿。我最早是从美国学者王笛的《茶馆——成都的公共生活和微观世界》中知道马悦然当年在成都春熙路上坐茶馆的事，后来在流沙河先生的文章中，得了《另一种乡愁》的介绍。马悦然用中文写这本书的时候已经八十多岁，《另一种乡愁》可以说是他对中国的深深眷恋和寄托的一个纪念。在书中他倾诉了对半个多世纪前四川生活的感怀，和他身为"洋人儿"却倾慕汉学的文化乡愁。流沙河说读了这本书，才知道马悦然"为人十分温和，平生绝无壮烈之举，所以行文平实，无鼓动之腔，无藻饰之辞，却又别有气韵，娓娓道来，泠泠可听，使人悦然久之"。不过耿直的流沙河还给马悦然的这本书挑了漏眼，差不多提了11条意见。

流沙河很欣赏马悦然会说成都话，但也时常给他矫正，马悦然说"煮了一壶开水"，流沙河纠正他，"错了，煮是煮饭，开水是烧，你要知道我们四川话的这个动词，是多样，英语、法语、德语、俄语绝对都是赶不上的"。

马悦然总是很服气，1948年在峨眉山报国寺，他从果玲方丈那里，后来从翻译家冯至先生那里，学会了谦谨之心。带着这样一种心境，他特别用心地学习四川方言，而且自己在学习过程中也遇到一些好玩的故事，拿来跟我们分享：

> 四川方言里常常用"莫得"来代替"没有"。我一个成都朋友曾问我："你身上带得有钱莫得？"我回答说："带得莫得。"我朋友说："说得不对，你应该说'莫得带得有钱'。"我简直不懂为什么不能说"我身上带得莫得钱"。

其实我也很佩服马悦然只用了两个月时间就基本上学会了西南官话，然后就一头扎在峨眉山下的报国寺做方言调查，这太厉害了。乐山话是很难懂的，就连距离乐山不远的成都人都不一定能完全听懂乐山话，而马悦然居然没问题，还可以和乐山农民在田间地头交谈。

也许马悦然是从他老师高本汉那里受到过严密的语言学训

练，弄通了人类千差万别的语言中某些共通的东西，有了这样的学养，就掌握了一把打开所有语言知识谜团的钥匙。但我觉得，这还是和他的语言天赋，以及他对中国文化的热爱有关。所以当有人问他为什么热爱中国文学的时候，马悦然回答：

> 当我的同胞在八世纪穿着熊皮在树林里过着很野蛮的生活时，唐朝的诗人们却在创作绝句、律诗和古诗。从《诗经》到当代诗人的作品，中国诗歌已经有三千多年的历史。谁有机会阅读这些作品，谁都会爱上中国文学。

马悦然不仅爱上了中国文化，二十世纪四十年代末在成都生活的一年多的时间里，他还结识了成都许多文人学者，和他们成为一生的好友。1948年8月份他刚到成都调查方言的时候，看到吴一峰画的峨眉山风景，这些画让他认识了吴一峰，两人成了哥们。1949年西方圣诞节晚上，马悦然邀请吴一峰和夫人吃晚饭，当时解放军已经把成都包围了。他在日记中写道：

　　晚宴很成功。吴一峰和他夫人在我们家过夜。牧师
劝我们明天不要上街，他听说成都夜间就要被解放了。
我今天早晨把吴一峰夫妇送到他们东门外的家。街上没
有人。

　　不过没过几个月，又该吴一峰送马悦然离开成都了，1950
年7月，马悦然接到成都军管会通知，必须尽快离境。吴一峰写
了一首诗《送马悦然文学硕士归瑞典》："与君何日再把酒，痛
饮欢言意气高。"

　　当马悦然再次来到成都，已经是五十多年后的2004年，吴
一峰已经不在人世，马悦然是专程从瑞典赶来成都参加"吴一峰
百年诞辰画展"的。那天，很少参加社交活动的流沙河也去了，
马悦然说："为了与吴一峰一生的友谊，我一定要来成都。"

　　他（吴一峰）是一个真正的君子，一个善良乐观的
人，我记得他的脸上总是笑容，他用画家的眼睛和诗人
的感情审视山水之美。他赠我的那些山水画至今还在我
的家里陈列着，成为我们友谊的美好见证。

对了，在马悦然的汉语作品中，还有一本书也是我很愿意推荐给你的，就是这本《俳句一百首》，俳句是一种有特定格式的诗歌，要求很严格，以三句十七音为一首。一般人认为只有日本人才写俳句这种古典短诗，马悦然写的是汉俳，写得很棒，比如这首："少喝点，李白/你影子早醉倒了！/明月有好意"，你听，三句十七个音。他在成都遇到流沙河的时候，问过流沙河："你们那里文化进展如何啊？"流沙河开玩笑说（四川话）："哎哟，我们现在穷得简直只有钱了。"然后马悦然把流沙河给他说的私房话写成了俳句："情况怎么样？穷得只有钱！流沙河伤心。"

延伸阅读

————

《俳句一百首》

穿越时空的灵魂对话

《一念桃花源》/ 比尔·波特

比尔·波特（Bill Porter），美国当代作家、翻译家、著名汉学家。曾在哥伦比亚大学攻读人类学博士。经常在中国大陆旅行，并撰写了大量介绍中国风土人情的书籍和游记。

好诗不仅好在优美的文字上，好诗来自于诗人之心。我最喜欢的诗人是陶渊明，苏轼也喜欢，他将自己比作陶渊明。苏东坡在仕途受到重挫、人生困惑之时，需要找人倾诉，并通过了解别人来理解自己。他选择了先他七百年的陶渊明为对话的知己。

比尔·波特有一部作品《空谷幽兰》，被四川人何世平改编成了一部人文纪录片《隐士》。在首发仪式上，我见着了比尔·波特，初见的印象是一个满面红光的美国老头，不过比纪录片里面的形象要沧桑些。

蒋方舟曾经这样评价他："比尔·波特是一个美国人，但是他又比许多中国人更深入地抵达了传统中华文化的核心，那里不仅有远去的诗歌和田园，还有闪亮的人格和风物。"从这点上来讲，我觉得比尔·波特就是一个比中国人还热爱中华文化的人，似乎他就是为中国文化而生。我去读他的书，有一种向他致敬的心态在里面。

比尔·波特30年前的一次行走，结出了《空谷幽兰》这颗果实。30年后的旅行，为寻找陶渊明和苏东坡的足迹，他经扬州一路向南至惠州、雷州，直到天涯海角的儋州和琼州，再回溯到陶渊明的故里庐山。他试图从苏东坡写和陶诗时的山川形胜和古井旧居中，寻找到苏轼当时的心情与状态，于是有了这本《一念桃花源》。

在《一念桃花源》中，比尔·波特去各地拜谒，试图听清苏轼和陶渊明的灵魂对话，用一种充满仪式感的方式，用一种寻根的方式去倾听，仿佛他也在和两位伟大的文豪对话。这是一种中国文人才有的方式，叫作"行万里路，读万卷书"，他实现了这样一个理想。

比尔·波特在追寻陶渊明的过程中发现，苏东坡在1000多年前居然就把1700年前陶渊明的诗给和了一遍，这是件非常了不起的事情。

> 我不如陶生，世事缠绵之。云何得一适，亦有如生时。
>
> 寸田无荆棘，佳处正在兹。纵心与事往，所遇无复疑。偶得酒中趣，空杯亦常持。我们从苏东坡的和陶诗当中能够领略到他随遇而安、宠辱不惊的处事态度。他从与陶渊明的对话之中寻找寄托，感悟着陶渊明的超

脱，也参悟自己的人生哲理。

在中国，几乎没有人不知道陶渊明这个人，包括他的田园诗歌，但是他在世的时候确实没什么影响力。他是在死后的数百年后才慢慢地被推崇，苏东坡出现之后，才把他抬高到至高无上的地位。

这让我想起了另外一位伟大的诗人杜甫。唐朝的杜甫，不论是他个人的影响力，还是其作品的影响力，都不能跟李白相比。他在世时，几乎没有一家诗刊社发表他的作品。也是到了元稹时代，元稹发现了这个伟大的杜甫。元稹就是那位"曾经沧海难为水"的多情种子。他偶然发现杜甫的诗，觉得杜甫真是一个伟大的诗人。如果把杜甫的1500多首诗连起来，已经不是诗了，而是对一个时代的伟大记录。所以，我觉得在这个世界上，真的不能没有"粉丝"。杜甫的"粉丝"是元稹，而陶渊明的"粉丝"就是苏轼。正是这些"粉丝"发掘了一块块蒙尘的珠宝。

苏轼对陶渊明的崇拜，到了什么程度呢？1082年，他曾经写过一首词《江城子》，六个字，我记得很清楚——"只渊明，是前生"。他几乎把陶渊明当作一个前世的心灵上的伙伴，而且，他还说过这么一句话："与渊明诗意不谋而合，故并录之。"他把陶渊明当作知音倾心相谈，所以在整个流放生涯中，他能够跟陶渊明进行一个灵魂层面的对话，这个实实在在说，是对苏轼莫大的安慰。

苏东坡是相当有才华的，他的才华不仅体现在他的文学造诣上，还体现在治理国家、管理能力方面。他一直想为国家做出贡献，可惜仕途不顺，几起几落。但他又是一个能落能起的人。当他晚年被流放到惠州和儋州这样的荒蛮之地时，他没有朋友，没有可以安放自己内心的地方，他就跟陶渊明对话，然后以和陶诗的方式表达自己那种随遇而安的态度，表达彻底解脱尘世的意念，"心安之处是吾乡"。

苏轼和陶渊明的最后一首诗，是在苏轼65岁的时候写的，而陶渊明的原作是在36岁的时候创作的。他们的年龄差异大，心境的差异也大。

在和陶诗的封笔之作当中，苏东坡为年老体破之际，意外得到皇帝赦免，而喜于言表。陶渊明生不逢时，因而选择远离功名，隐身于田园，消磨于诗酒。而自己却赶上了"良时"，虽然愧受身心折磨，幸得天命照顾老耄，皇帝开恩解囚北归。与陶渊明原诗迥然不同的是，此时的苏东坡丝毫不为入世和出世辗转反侧，他将不再参与政事，只求"白鹤返故庐"，安度晚年。

比尔·波特是溯着两部古籍——《和陶合笺》《陶诗汇评》，慢慢追溯这段历史的。他发现，在苏轼和陶渊明的生活当中、精神当中的共鸣越来越强。因为苏轼的官场失意，他越来越追求像陶渊明一样的生活状态。这种士人对隐者的追慕与唱和，让本打算"归园田居"的比尔生出了向往。

在陶潜墓前，我泪都快流出来了。陶渊明穿越了一千七百年，就站在我面前，伸手可及。我把远道带来的酒给他斟上，并用他另一位忠实粉丝写的诗——苏东坡的《和陶饮酒》之五来助酒兴：小舟真一叶，下有暗浪喧。夜棹醉中发，不知枕几偏。天明问前路，已度千重山。嗟我亦何为，此道常往还。未来宁早计，既往复何言。我亦读亦吟，献上我对这位偶像的无比崇拜和感激。我也和苏东坡、陶渊明一起干上一杯。

比尔·波特是一个有趣的人，特别注重仪式感，每到一个地方都会像苏东坡那样去饮酒、去吟诗，而这些酒都不是随便准备的，他一定要带着中国的那种传统的白酒。同时他还考证了苏东坡的词中提到的当地的酒，比如惠州的桂酒，儋州的天门冬酒，等等。酒杯也是要讲究的，苏东坡最喜欢的是荷叶杯，比尔·波特就把荷叶杯拿来作为举行仪式的一个重要的"法器"。他想用这些仪式感来表达一种敬仰，以寻找一种沟通的通道。

我走到苏公祠外的流芳桥上，把天门冬酒倒入了巴仑河，美酒随着十里溪水蜿蜒，北行注入雷州海峡，我把苏东坡喜欢的桂酒倒入大运河，让运河水把我们的敬仰带给苏东坡，也把苏东坡的仰慕传给陶渊明。

说到酒，中国古代文人几乎是浸泡在酒文化当中的，你看李白的明月和美酒，"花间一壶酒，独酌无相亲。举杯邀明月，对影成三人"。杜甫的旧醅，"盘飧市远无兼味，樽酒家贫只旧醅"。杜甫是旧醅，但是白居易是新酒，"绿蚁新醅酒，红泥小火炉。晚来天欲雪，能饮一杯无"。这些诗人在酒中创作出的伟大的作品，已经更多地超越了仪式感本身，它还是一种情感的使然，同时也是一种分享。我觉得分享是酒文化的一个内核，其实我也是一个好酒之人，偶尔，也希望通过饮酒的方式来表达自己的情感。

你看苏东坡饮酒、和诗、做美食，陶渊明饮酒、作诗、耕种田园。陶渊明也好，苏轼也好，他们在大苦难之后生出的这种大智慧，最终体现出的却是小办法，来填补生活的窟窿，填得好。而我们现代人在生活方式中缺少这样的一种经验和经历的情况之下，我们也可以饮酒，也可以诵诗，还可以做白日梦。这也是我个人在处理生活当中一些不愉快的时候的一种办法。李白也曾经说过："人生得意须尽欢，莫使金樽空对月。"他对月亮、对美酒的这种热爱，是一种精神上极好的抚慰手段。

我坐下来自斟一杯，回味着梦想成真的一天，此时不需要读诗,一切尽在不言之中,我把第二杯倒在醉石上。"渊明醉此石"这几个字跃出石面。我慢慢地抿下第三杯酒时,蓦然回首,看到最时上方一缕山泉飞瀑而下,让我联想到陶渊明描述的"林尽水源,便得一山,山有小口,仿佛若有光。便舍船,从口入,初极狭,才通人,复行数十步,豁然开朗"。若从这窄小的空间攀援而上,岂不就是豁然开朗的世外桃源,还是我醉了。

桃花源是咱们中国文人的一种终极理想,看上去,桃花源是一个实体,就像我们现代人逃离城市,逃离雾霾,寻找乡间一个类似于"桃花源"这样的环境,但实际上桃花源更是一种精神。中国文人的桃花源是一种更强烈的精神追求,他和你在什么地方没有特别强烈的关系,所处并不重要,重要的是内心,你的心有多大,这个世界就有多大。

关于对理想环境的追求,东方有桃花源,西方有乌托邦,都是人类共同追寻的一种精神的家园。这个是殊途同归的一种方式,这方面我跟这本《一念桃花源》的译者李昕的思路是比较一致的:"我不去鼓励大家去做什么,在云中在松下靠着月光，靠着芋头来过活的那种隐士生活，在追求日常生活的同时，要以好奇之心去探寻生活当中的这种美好，比如说像读书、像写作、学乐器，或者练习绘画等等，它可以营造内心的一种桃花源，很重要。"

天有晴雨，人有顺逆，比尔·波特在这本书里描绘出来的那种潇洒，实际上就是苏东坡豁达的处世态度，这是值得我们每个人去效仿的。修心养性对于每个人都有好处。而比尔·波特的一个可爱之处就是他帮我们梳理和寻找了中国传统文人身上的那种精神状态，然后展示出来，让我们有一个榜样，有一个方向。

我们时常很羡慕陶渊明的田园生活的状态，而且也歌颂苏东坡的豁达开朗。其实每个人在生活中都会遇到各种挫折，包括在职场、在日常生活中都会。但是我们的这种挫折要是和苏东坡的经历相比，简直是小巫见大巫。

正因为如此，我们在遇到这种失败状态的时候，没有那么大智慧，顶多作为我个人来讲也就是退让退缩，不去与世纷争，我退缩到一个自己的内心的小角落里面来养伤，所以真正要遇到桃花源这种精神世界，那是需要缘分的。我觉得苏轼很牛的一点，就是他把陶渊明所有的诗全部都和了一遍，他50多岁的时候还在继续和诗，我们没有这种修养，很难做得到，我们能够做到的是把他那种精神传承下来。

如果要想一想今后退休之后我会去做什么，苏东坡是尽和陶诗，我做不到。那我能不能做到尽抄陶诗、尽抄李杜、尽抄东坡，也就是说把抄诗、诵诗作为我未来生活的一种方向。这不仅有趣，还是给自己内心的一个很好的精神坐标。

苏东坡到儋州的时候，他把随身携带的《陶渊明集》和《柳宗元文集》当作两位好朋友，翻来覆去地去品读，偶尔能够去借几本书回来的时候，就让他的孩子苏过把书给抄下来。在中国文化传统当中，有很多父子联合，对某一种喜欢的书进行抄写，这个抄写的过程就是一种历练。

苏东坡在一篇文章当中曾经这么说，他的儿子抄得《唐书》一部，又借得《前汉》欲抄。"若了此二书，便是穷儿暴富也，呵呵"，他说如果能把《唐书》和《前汉》抄完，就像一个穷孩子一夜暴富一样。

我举手再看一眼，石壁上苏东坡写的归去来兮，微

风吹来，一片白云从山峰飘浮而出，云无心已出岫，鸟倦飞而知还。我心领神会，该回家了。归去来兮。

延伸阅读

《空谷幽兰》《禅的行囊》《黄河之旅》《丝绸之路》

扫描二维码
◇观看节目
◇静听朗读
◇心意书单

柒

何为成都

由此进入往日的成都

《锦城旧事》／车辐

车辐（1914—2013），著名记者、编辑、作家、美食家。二十世纪三十年代创办文艺刊物《四川风景》。抗日战争后，担任中华文艺界抗敌协会成都分会理事。

　　人因城市而精彩

　　城市因人而鲜活

　　相互依存，生生不息

　　时间长了，你会发现

　　原来人与城之间

　　竟可以滋养培育出

　　如此丰厚无际的情趣

　　外地人到成都，总会给出不错的评价：安逸、闲适、热情、包容、麻辣……但你让他用一个词来准确地定位它，好像又很难。可能正是成都拥有色彩丰富这样一个特性，才让那么多人着迷。在成都有一个人，身上也贴满了各种各样的标签：资深报人、记者作家、美食家、戏疯子、老顽童等，却也不能用任何一个词来概括他的多面人生。他丰富的经历、出众的魅力，如同他所在的城市，揽获了无数粉丝。于是这人和这城，就被人们有意无意地捆绑在了一起，城成了人的贴标，人成了城的符号。早年曾到过成都而且非常喜欢成都的学者何满子说："在成都，不认识车辐，就如同没有真正地认识成都一样。"

　　车辐是土生土长的成都人，出生在民国二年，也就是1913

年，在职业上车辐是我的老前辈，从二十世纪三十年代创办《四川风景》开始，到后来成为《四川日报》《民声报》《星艺报》的记者和编辑，再到《华西晚报》的采访部主任，几乎每天他都有文章见报，没有间断过。作为一个老成都的媒体人，车辐始终用独特敏锐的视角，观察着这个城市，并用他生动诙谐的文字，记录着这个城市。

这些珍贵的记录里面，就应该包括《锦城旧事》，这是车辐晚年推出的一本描写成都往事的小说。虽然是小说，但却生动真切地为我们还原了二十世纪二十到四十年代成都的风貌。它以嫩豆花和她的女儿吴小秋两代艺人的命运为引线，将旧社会成都的各种人物引入——有割肉的刀儿匠，有卖素面凉粉的老头，有跑堂的幺师，有药铺的抓抓匠，也有达官贵人和绝不拉稀摆带①的袍哥。有意思的是，车辐还以自己为原型，塑造了一名记者，总之，人物形象非常丰富。

书中情节的推进，也都是为展示成都风情而铺设的，场景的着色，可谓浓墨重彩。用何满子的话说，"进入小说，你就进入了往日的成都"。从市街坊里到工商百业，从酒楼茶馆到烟寮赌

---

① 拉稀摆带，四川方言，指拖泥带水，不干脆。

场，从名厨佳肴到风味小吃，从剧场影院到街头卖艺，乃至监狱刑场、拉壮丁的黑栈窝等无所不有，有时读起来，真有一种既熟悉又陌生、恍如隔世的感觉。

> 成都新南门下大桥倒右手，有一家竹棚搭的茶铺，面临锦江之滨。沿河边走去，通往南虹艺专学校、南虹游泳池一带。锦江对岸是江上村、竟成园以及在竹林深处的几家茶铺。锦江里有红绿布扎的花船，顺流下去，直达望江楼。

今天这些茶铺、泳池、花船都已消失在了岁月的烟尘里，但这些场景地名，又是那么的真切，那么的分明。说到小说主角吴小秋，在现实生活中也是有原型的。那就是四川清音大师李月秋。李月秋的清音，在当年的成都，那是红透了半边天，号称成都的"小周璇"。

《忆我郎》中的一句"四月望我的郎，麦子颤颤儿子齐"，在"颤颤儿"与"子齐"之间，她天才地加了一个用舌头弹的声音，嫩而且美，声音翻腾着，像"九连环"中的翻腾一样。因为在翻腾，很自然地也要露出她那整齐洁白的牙齿，舌头在红破樱桃的小口中，急剧地转动，这声音在歌唱进行中，分外增加上了一层光彩。每次一唱到这里，台子下全场掌声雷动，轰震瓦屋了。

以李月秋为原型其实一点也不奇怪，因为车辐和李月秋关系本来就很好，曾经给予过她很多帮助。更重要的是，车辐自己就是个曲艺迷，扬琴他会敲，川剧也要来两嗓，平日里高兴了，时不时就会整上几句，还挺有那个味儿的。现在很多有关四川曲艺的著作，比如《贾树三竹琴演唱选集》《张大章的扬琴唱腔艺术》等，都是车辐整理编辑后出版的。车辐对曲艺的热爱，可谓深入骨髓。不过，在我看来，跟他生命中的另一项爱好比起来，曲艺还是要往后排的。

川菜美名，传播四方。作为一名好吃、会吃的成都人，吃，才是贯穿车辐生命的主题。在成都的方言里，把会吃的人称作

"饮食菩萨"，这个名号对车辐而言那是当之无愧的。《锦城旧事》里这么一段，看得让人是口水直流。

> 就从暑袜南街南口吃起，先在东华轩茶铺门口称了半斤油米子花生，再到对门口子上去切五角钱的砂仁肘子，红肠肠，拿起到叶矮子斋内堂去，叫了矮子斋当家菜有名的红油辣子排骨，外叫了豌豆儿烧蹄花儿，大蒜烧肚条，最后到隔壁全兴大曲烧房去打了一斤大曲，痛快开怀畅饮起来。

当年车辐当记者时，只要省外那些文化名人、演艺名人到成都来，他都会请人家遍尝成都的小吃。他还常在家中大宴宾客，每道菜开动之前必有一番说辞，从来历到做法，再到如何品味，讲得清晰透彻、趣味横生。九十多岁的时候，他还打趣说"除了钉子以外都嚼得动"。夫妻肺片要吃双份，甜烧白也不得虚，轮椅推上街，一路上要买两个蛋卷冰激凌且行且吃。有几次看电视睡着了，手里还拿着半边桃酥，醒来又接着吃。

最后，车辐把自己对美食的感悟，都写在了《川菜杂谈》里，留下了成都美食的记忆。我觉得只有资格的"好吃嘴"才能写得这么生动有趣，把张大千、流沙河这些文化人和川菜的故事，"夫妻肺片""麻婆豆腐""鬼饮食"这些龙门阵也是写得不摆了[1]。

《锦城旧事》还有一个特色，就是方言的运用。巴金的小说，较少使用成都方言，李劼人的小说，也只是在人物对话中使用成都方言，而车辐的小说是包括叙述，也尽可能地使用成都方言。

> 汪老先生很懂得节省之道，不然怎么会从苦寒的北川，捏起四个砣子到成都来练出一块招牌来，成为红得烫人的名医。

这段话一定要用成都话念，味道才出得来。如果你不太懂成都方言怎么办呢？没关系，书的旁边都有很贴心的注释，我数了

---

[1] 不摆了，四川方言，在这里意为"好得没话说"。

一下，差不多有六百多条呢，有像连二杆、打平伙、冲壳子这些我们比较熟悉的，也有好多现在几乎都不怎么说的方言，甚至有些你可能听都没听说过，难怪有人把这本书戏称为"学习成都方言的重要文献"。

总而言之，看《锦城旧事》，就像是在听一个经历丰富的"老成都"给你摆龙门阵一样那么简单自然。成都人那种幽默风趣、自在随性的特点，在车辐的笔下被发挥到了极致。

说到幽默，流沙河讲过车辐的一件趣事，二十世纪五十年代车辐被抓进监狱成了"反革命"。起初怕被枪毙，吓得睡不着。三天后发现这里关了好几百个"反革命"，都是省级机关干部，他就像吃了定心丸，能吃能睡，还做体操。后来被送回单位，整个人红光满面，还长胖了不少。补领了十一个月工资后，车辐大喜过望，买酒痛饮，当即作诗一首。其中四句是："精神被摧垮，灵魂已压扁（bia），物质尚存在，一身胖尕尕（ga）。"

关于车辐的趣事还有很多，流沙河就说他"综观车辐一生，写，吃，玩，唱，四字可以概括完毕……我观其人，应是天上星宿下凡，游戏人间，还要饱享太太贤惠儿女孝顺之福，令人羡慕"。我想，我们不仅羡慕他阔达通透地活了一辈子，也羡慕他虽已身没，但留下的文字却化作了鲜活的旧事，在锦城流传。

这辈子，除了在医院里，我一天也没白活。

延伸阅读

————

《川菜杂谈》《锦水悠悠》

旧时成都最后一位少年郎

《老成都·芙蓉秋梦》/ 流沙河

流沙河（1931—2019），生于四川金
堂，本名余勋坦。中国现代诗人、作
家、学者、书法家。

写过草木篇的作家

唱过理想之歌的诗人

听过那只蟋蟀鸣叫的成都娃

生于夏长于秋

"事缘于人，从我说起。

我出生在成都；读高中，上大学，都在成都；

随同学们欢呼解放军入城，在成都；

参加工作也在成都；复出写诗在成都；

今已退休，仍在成都。

我是货真价实的成都人。"

李克强总理在成都宽窄巷子买了本《老成都·芙蓉秋梦》，不到一天，这本书在书店就脱销了，作者流沙河先生也再一次受到国人的瞩目。流沙河先生身世坎坷，但在他身上，传承的是成都的悠悠文脉，彰显的是成都人的坚强、幽默和深情。而我要说的是，天府文化之所以能在华夏大地独具魅力，像沙河先生这样扎根本土又具有宏大视野和深厚积淀的文化大家，功不可没。在这本书里，沙河先生以一个生于此长于此的老成都人的口吻，把自己的少时记忆、老成都的历史掌故，不紧不慢，娓娓道来。

半个世纪种种经历，悲欢沉浮，就像太阳下的一场梦，醒来一笑凄然。不数年间，母亲撒手归西，我的来路隐没于黑暗的永恒，而我也置身于苍茫的暮色之中了。

对于母亲，不同的人，在不同的年龄阶段，都有属于自己的记忆。流沙河念念不忘的，是陪同母亲的一次踏寻旧踪。他以诗人的纤细和敏感，记录下那唏嘘感慨的一幕，写下了这样一首诗，就叫《寻访出生地》。

搀扶着老母亲，混进双扇铁门。
守门的正在下棋，问我找谁人。
"找小余。"我严肃回答。
他便不再问话，赶快吃马。

找到办公大楼前，眼望停车场，
母亲点头说："就是这地方。"
我问："床安在哪里？"
母亲微笑，指一辆红旗。

谁曾见过我在这里光着屁股，

吃奶，撒尿，哇哇小儿夜哭？

谁还记得我从这里抱回老家，

甘甜，苦辣，归来白了头发？

想那小余，红旗车下爬出来，

半个百年一场梦，暗自惊杲。

去了，光阴，太不真实如电影，

幸好母亲还健在，有她作证人。

读沙河先生的文字，平淡朴实之外，还充满了力量与反思，具有强烈的代入感，就像一位纪录片导演，把他所看所思，用镜头一一呈现。我们试着把如今彩色的春熙路的画面，叠化成流沙河笔下的黑白镜头。

北段南口有一家百货店，名聚福祥，春季大减价，夏季大减价，秋季大减价，年终大减价，一年四季都在减价，惹人发笑。且有乐队鼓吹，或以高音喇叭播送周璇歌曲，喧声可畏。北段南口还有一家银楼，我曾去卖金戒指。1948年秋季开学前，家中凑不足学杂伙食费，母亲脱下金戒指，叫我送到天成银楼换钱。从未卖过东西，我感到很为难。她知我"没出息"，就说："你递上高柜台，半句话也不要说。银楼童叟无欺，不会少给你一块钱。"我上成都到春熙路照着做了。营业先生把金戒指放上天平，声报重量。又在一块黑石板上擦一擦金戒指，留下一线金痕。然后比对样本，声报成色。见我无异议，他便付了钱。老招牌重信用，给我留下深刻印象。

《芙蓉秋梦》这本书看似都是关于流沙河先生一家的细琐小事，但重点反映的是个人命运在那个时代背景下的沉浮。在他的笔下有抗日战争中成都大轰炸的各种惨状，以及在战争下普通老百姓的生活百态。流沙河在讲述普通人的小事情中，巧妙地将个人故事与成都乃至整个四川、全中国的历史进程都串了起来，这种写作手法让宏大的历史事件变得鲜活。像在看一个人记的日记，又像在读一本史书，记下的，是成都的真精神；完成的，是对成都的独特发掘和文化寻根。

沙河先生曾说自己是旧成都最后一批少年郎，老成都的点点滴滴，一草一木，都沉淀在他的记忆深处，历经半个多世纪，依然鲜活如昔。通过这本书，我们和沙河先生一起游走于老成都的街道巷口，在一个个陌生又熟悉的场景驻足徘徊。流沙河先生的高明之处，就在于他并不追求什么宏大的叙事，而是从小点切入，上下几千年，伴随个人身世，国仇家恨，朝代兴衰，传递出的对成都的情感，绝非一般人笔力所及。一句"迷魂归去，不再返回"，正是沙河先生内心最深沉的喃语。

延伸阅读

————

《流沙河诗集》《故园别》《游踪》《台湾诗人十二家》《隔海说诗》《台湾中年诗人十二家》《流沙河诗话》《锯齿啮痕录》

时代的缩影，城市的记忆

《成都茶馆》/ 何小竹

何小竹，重庆彭水县人，1992年定居成都，诗人、作家、编剧。代表作有《爱情歌谣》《潘金莲回忆录》等。

在成都

茶是可以拿来"吃"的

茶是用"碗"来盛的

"喊茶钱"三个字咋个喊

只有成都人才知道重点音

成都是个大茶馆

茶馆是个小社会

　　我曾读过一本讲成都茶馆的书，是王笛写的《茶馆——成都的公共生活和微观世界》。王笛花了十年的时间来研究成都的茶馆文化，也引用了李劼人大河三部曲里很多描写老成都的素材，是一部难得的近代成都微观史。而何小竹的《成都茶馆》，是从个人体验和诗人的角度来写，他本人就是一个资深茶客，平时喜欢泡茶馆。所谓外行看热闹，内行看门道，资深茶客眼中的成都茶文化，说不定更有意思。

　　《成都茶馆》有一个副标题——"一市居民半茶客"，一半的成都人都是茶客，是不是有点夸张？何小竹可能是想告诉你成都市民泡茶馆的热情有多高。成都人泡茶馆的热情确实高，清末成都有一个叫傅崇矩的文人，写了一本关于成都风土人情的书《成都通览》，说成都那时共有516条街巷，而茶馆就有454家，算下来90%以上的街道都有茶馆，嗬！所以我常给外地朋友炫耀，至今成都都是全世界茶馆数量最多的城市，没有之一。

民国时期成都有很多著名的茶馆、茶铺、茶社，总府街的"濯江茶馆"是新闻媒体人的常聚之地；东大街的"华华茶社"是当年成都最大的茶馆，可同时容纳上千人饮茶；还有玉带桥的"陆羽楼"，东城根街的"锦春楼"，等等；今天，你到人民公园里的"鹤鸣茶社"，华兴街的"悦来茶园"，还能找到资格成都茶馆的样子。不过何小竹还是有些伤感，他重访"悦来茶园"的感受就流露出很大的无奈。

近一个世纪前，"悦来"既是成都茶馆的翘楚，同时也是川剧的"窝子"。可以这样说，作为一个成型的地方剧种，川剧是从悦来茶园开始的。坐在悦来茶园，回想不少书中描述的旧时光，再看眼前情景，我蓦然间有些伤感。所有美好的时光惜不能重现。川剧如此，悦来茶园同样如此。茶园里百分之九十以上坐的是老人。我背后一桌，也是一帮老头老太。从言谈中得知，他们还不是普通的戏迷，而是退了休的川剧演员，今天是特意来为他们相熟的晚辈捧场的。茶园不仅没有了书中描述的那番嘈杂热闹、眉来眼去的盛况，且面积与格局也大大缩水，全不是往日"悦来"那样的有堂座和楼座之分，而是真正像一个茶园，而不是戏院了。

悦来茶园当年的盛况，流沙河先生在他的《老成都·芙蓉秋梦》里有过专门描述："悦来茶园是一座茶园型的剧场，戏台三面敞开，向前凸出。戏台下的前池、左池、右池，秘密摆置茶桌。一桌镶配有五把椅子，可坐五人。其格局犹存宋代瓦肆勾栏的模样。有与异者，前池、左池、右池之上又有楼厢，专坐女宾，以免混淆。"和那时的盛况相比，现在的悦来茶园显得冷清萧条，随之消逝的，还有一代人的记忆。

说到茶文化的兴盛，除了要有好的茶馆，还得有好的茶具。但严格地说，四川地区的茶具和福建相比，讲究程度还是有差距的，当然也可以说是各具特色。成都茶馆茶具的特色就是盖碗茶，老成都人不说喝茶，叫"吃茶"，吃茶有时候也叫"来个盖碗"。盖碗茶有讲究，茶碗、茶盖、茶船三件套，它的寓意很好玩，天盖之——茶盖，地载之——茶船，人育之——茶碗。相传是唐德宗建中年间西川节度使崔宁之女在成都发明的。

以前茶杯没有衬底，烫手，崔女巧思，用木盘子来承托茶杯。为了防止喝茶时杯易倾倒，她又设法用蜡将木盘中央环上一圈，便于杯子固定，这就是最早的茶船；盖碗茶的妙处就在于，茶碗上有盖，可以保温，卸下茶盖，又可以散热，以茶船托起茶碗，向着嘴边半扣着，便能从茶碗与茶盖的缝隙中慢慢吮吸品味茶水，而且同时还避免了茶叶随着水混入口中。这么人性化的设计，搁今天申请个什么发明专利，拿些金奖什么的应该没问题吧。

说到人性化，成都茶馆里还有个宝贝，没有它，成都茶馆的文化魅力恐怕是要大打折扣了。

如果说，盖碗茶是成都茶馆的特色标志，那么，我要说，竹椅子就是成都茶馆的"秘密武器"。经营过茶馆的人都知道，生意要好，就要有人气；而要有人气，茶馆的椅子就要留得住人才行。成都的竹椅子有靠背，有扶手，靠背的高矮和软硬，扶手的宽窄和角度，均十分吻合于人体的构造，怎么样坐着都非常舒适。加上茶桌一般也只及膝高，取饮非常方便。所以我认为，成都

茶馆能够数百年不衰，最大的"商业机密"就在这一把
竹椅子上。

竹椅子是茶馆的秘密武器，制作材料获取颇易，成都平原盛
产竹子，以竹为材质的各种器物随处可见，竹鸟笼、竹篱笆、竹簸
箕，甚至碗刷都是竹子做的。看了周润发主演的《卧虎藏龙》，你
就知道蜀南竹海的气势，还有邛崃的西蜀竹海，取之不尽的竹资
源……不过，成都茶馆还有一件秘密武器，也是最具特色的一道独
特风景，就是"茶博士"，也叫"堂倌"，就是掺茶师傅。

过去茶馆的堂倌们不仅手不停，脚不住，一张嘴
也是不闲着的，跟客人讲新闻，说段子，带言传话，似
乎天下之事，无有不知，故堂倌又有了个"博士"之雅
号。虽如此，茶博士为人所称道的功夫并非在嘴上，而
是在手脚上。二十世纪五十年代，有一位叫方忠钰的老
人，是成都老茶馆里知名的茶博士，曾经有一部叫《中
国一绝》的片子里就介绍过他。他身手不凡，双手能
够连碗带盖摆上15副盖碗，且还能同时用两只手提壶掺

水。茶毕送客，他一只手端一只茶碗，拇指扣住碗盖，能把剩茶水倒得片叶不留，堪称绝活。

今天的茶馆里，已经很难看到茶博士，掺茶这门技艺也几近失传。现在你在茶馆里甚至舞台上看见那种长嘴茶壶的茶艺表演，不是茶博士的本事，那就只是表演，像是仪式性的东西，没有烟火气，更没有实际功能。好在这些年来，成都人就是像何小竹描述的那样，在自己街巷深处的茶馆里，或与茶友谈古论今，或独自静享清欢，喝的是茶，品的却是人间百味，不在乎花里胡哨的表演。表演，献给外地来的朋友感受一下即可。

全世界所有茶馆都有一个功能，就是聊天，但成都人不说聊天，叫"冲壳子""摆龙门阵"。龙门阵这个说法的由来很多，成都人比较认可的传说是唐朝薛仁贵东征时摆的战场阵势，因为薛仁贵是茶馆说书中的重量级主人公。清以来，四川各地的民间艺人说书唱戏，最爱摆谈薛仁贵的故事，而且这些故事摆得就像薛仁贵的排兵布阵，相当曲折离奇、变幻莫测，听得大家欲罢不能。久而久之，"龙门阵"便成了一个专有名词。成都作家林文询在他的《成都人》中就写过一篇名为"龙门阵"的文章，很巴适："成都人就生活在龙门阵中，犹如他们大半辈子都浸泡在浓茶中一样。他们的文化滋养、历史知识乃至人情世故、生活经验等，很多都得益于这些源远流长、无所不包的龙门阵。这龙门阵的讲法，不叫说也不叫讲，而叫摆。只这一'摆'字，便活脱脱显示出了其气派声势之非同凡响。"

中国文学里有一种体裁叫"赋"，讲究的是铺陈排比，汉魏晋时期最流行。成都人司马相如和扬雄，就都是汉赋四大家之一，有人就把"摆龙门阵"说成是成都老百姓的"赋"，此中高手那些铺陈排比的本事，直逼司马相如和扬雄两位老前辈。

成都茶馆还有一个非常重要的功能，就是在很长一段时间内，它都是成都人最重要的社交场所。在这里，可以会朋友、谈生意、听新闻、探行情、谋职业，乃至调解纠纷、拜师收徒等。历史上的成都茶馆，一直就是一个三教九流会聚之地，尤其当年的袍哥组织，很多都把自己的"码头"设在茶馆里，各种交易、各种恩怨都放到茶馆里解决。

东家跟西家结了梁子要调解，那么这个样子，摆一桌茶，大家坐下来谈，这叫"吃讲茶"。另外，茶馆也起着"江湖救急"的作用。一般是求救者装着若无其事的样子去茶馆喝茶。当堂倌来给茶客加第二次水时，发现找不到茶盖，便对这个茶客起了点警觉。果然，只见这个装成茶客的求救者揭起桌上的草帽，露出了先前被他藏起来的那个茶盖。这便是一种信号，堂倌见此，马上会意，邀客人后堂说话。

晚清民国时期的成都，老百姓之间有个不成文的规矩，那就是大家有了经济和其他什么纠纷的时候，一般不会选择打官司，而是共同邀请一位"德高望重"的长者或在地方有影响的人物做裁判，然后到茶馆里坐下来谈，这就是"吃讲茶"。从某种意义上讲，茶馆更像是一个人民调解或"民事仲裁"的地方。李劼人在他的小说《暴风雨前》里就描述了吃讲茶的景象，很精彩，"假使你与人有了口角是非，必要分个曲直、争个面子，而又不喜欢打官司，那你尽可邀约些人，如其有一方势力大点、一方势力弱点，这理很好评，也很好解决，大家声势汹汹地吵一阵，所谓中间人两面敷衍一阵，再把势弱的一方说一阵，就算他们理输了，也用不着赔礼道歉，只将双方几桌或几十桌茶钱一并开销了事。如其双方势均力敌，而都不愿认输，则中间人便也不说话，让你们吵，吵到不能下台，让你们打，打的武器，先之以茶碗，继之以板凳，必待见了血，必待动了街坊怕打出人命受拖累，而后街差啦，总爷啦，保正啦，才跑了来，才恨住吃亏的一方，赔茶铺损失"。

可以说，茶馆就是一个江湖，浓缩了社会百态，上演着人间悲喜，而且也是市民重要的娱乐场所，甚至可以说，茶馆成就了川剧。过去稍大一点的茶馆，都会为川剧艺人提供遮风避雨的空间，彼此支撑，成都城里的川剧表演都是在形形色色的茶馆里面。另外像竹琴、相书、金钱板这些成都民间曲艺，也是在茶馆里催生并发展成熟的。应该说一直到二十世纪八十年代，茶馆仍然是川剧和各种曲艺表演的天堂。

如果没有曲艺表演，人们在茶馆里如何打发闲暇时光呢？何小竹以自己的亲身经历，向我们讲述了改革开放初期，成都茶馆里的通宵录像。

那正是香港武打片流行大陆的年代。我的一个朋友，他本来有一个生意可做的，那是个现成的生意，只要肯去跑跑腿，钱就可以到手。但是，这一年正是茶馆热播《射雕英雄传》的时候，他每天花五元钱泡在茶馆里看录像，等到他把《射雕英雄传》看完，走出茶馆的时候，那笔生意早就泡汤了。1992年，成都遍地是公司。所谓公司实际上就是随一个皮包被它的主人夹着到处走的。或者说，他坐在哪家茶馆，哪家茶馆就是他的办公地点。在茶馆谈业务本来就是成都茶馆的一个传统。因此，我们即使有固定的办公地点，还是喜欢去茶馆跟客户见面。我想，这除了生活习惯以外，可能茶馆更容易给人"平等"的感觉。因为这是茶馆，谁也不怕吹破牛皮。

今天你到成都，仍然可以在茶馆里找到老成都的记忆，端盖碗，吃"三花"，听清音，看吐火变脸，品尝麻圆、担担面……总之，成都茶馆不会让你失望。

延伸阅读

————

《茶铺》

为一座城留半部传

《成都是一个古城》/ 李劼人

李劼人（1891—1962），生于四川成
都，祖籍湖北黄陂，中国现代具有世界
影响力的文学大师之一，中国现代重要
的法国文学翻译家，知名社会活动家、
实业家。

大河小说的开创者

小雅大菜的掌勺人

生活在一座古城的现代作家

曾为我们绘出了一幅

清末民初的历史长卷

连方言

都带着乡愁的味道

李劫人先生很擅长讲故事，他的长篇小说三部曲《死水微澜》《暴风雨前》《大波》大家都耳熟能详。《成都是一个古城》收录的都是李劫人在不同时期发表的散文和杂文，这些文章时间跨度很大，从二十世纪二十年代到五十年代，可以说涵盖了李劫人的整个写作生涯。正如这本书封面的这句话"一本书读懂一个作家"，这些记录李劫人当时心绪杂感的文字，能让现在的我们很真切地感受到李劫人从法国留学回来后，在成都不同时期的生活经历以及当时的社会状况。

1930年，李劫人在成都大学当教授。当时成都大学的校长、著名的民主人士张澜受到军阀的排挤，决定离开。李劫人很支持张澜的一些思想见解，张澜这一走，他知道自己在学校也待不下去了，那么该干点什么呢？李劼人当时已有一儿一女，全家四口人的肚子总得要填饱啊！那接下来发生的事相信很多人都知道，那就是"小雅"餐馆的诞生。

李劼人爱好吃，对做菜也颇有研究，这大家都知道，但很多人不清楚的是，当时"小雅"的主勺其实并不是李劼人，而是他的妻子杨叔捃。这杨叔捃做得一手好菜，在亲戚朋友当中是相当出名，当时之所以想到开餐馆，很大的原因就在于杨叔捃有一手好厨艺。李劼人善于钻研菜品，杨叔捃善于实际操作，夫妻俩配合起来相得益彰。由李劼人亲授做法，杨叔捃掌勺，"小雅"每天要推出六种主菜，每周还要变换一次花样，这些菜品风味独特，别具一格，大受欢迎。

很遗憾我们现在的人是没有这个口福了，不过庆幸的是在这本书中，李劼人花了不少的篇幅来介绍吃，介绍各种中国菜品的做法。当年"小雅"菜品的精髓，其实就在这些文字里面。

> 做中国菜的要诀，以及要研究中国菜之何以千变万化，我告诉你们，唯有一字真言曰：火。成都人得燃料不易，故于用火亦极为考较，做饭不说了，其技之

精，能在一口铁锅内，同时做出较硬较融两样米饭。即
以做菜言，无论蒸炒煎炖，也极讲究火候。火分文武，
文火者，小火也，所需时间较长；武火者，猛火也，做
食极快，例如炒猪肝片，爆猪肚头，只在烈火熟油的耳
锅中，几铲子便好也。故每每同一材料，同一用具，同
一火色，而治出之菜公然各殊者，照四川人的说法，谓
"出自各人身手"，意在指明每一样菜皆有作者的人格
寓乎其间，此即艺术是也。

如果真把做菜称为一门艺术的话，那么李劼人绝对算这行中
不折不扣的艺术家。书中除了掌握火候这一点，像食材的选择、
烹饪的工序，甚至其中折射出的文化和社会问题，李劼人也都做
了详尽的介绍和描述。阅读这些文字，与其说是在看一本精致的
菜谱，不如说是在看一部饮食文化发展史。

让人没想到的是，让李劼人引以为傲的"小雅"餐馆，开
张才一年多，却给李家带来了一场灾难。当时关于李劼人开餐
馆赚了钱的说法在社会上是越传越开，所谓树大招风，一土匪
头子听了后，便派人绑架了李劼人刚满四岁的儿子，要李劼人
拿钱赎人。其实李劼人并没有赚到多少钱，他东拼西凑，又请

客送礼，打通各处关节，总共花了1000块银圆才终于把自己的儿子给救了回来。经过这一番折腾，李劼人是无心再经营"小雅"了，于是这个当时享誉成都的餐馆就这么关门歇业了。

这件事发生在1932年，同样是在这一年，还没从儿子被绑架的惊恐中恢复过来的李劼人一家又遭遇了成都城内的军阀混战。当时刘文辉的二十四军与田颂尧的二十九军在成都城内展开巷战，弄得满城百姓人心惶惶。李劼人详细地记录了当时他所经历的一次"拉壮丁"事件。

> 二三十个穿着褴褛灰布军装的兵，生气虎虎的，正横梗在街上，见行人就拉。有两个头上包着白布帕，穿着也还整齐的乡下人，刚由弯弯栅子街口走出来，恰就被一个身材矮小的兵抓住了。情形太不好了，过路的行人，几乎一个不能免。刚刚走了七八家铺面，忽然一个穿长衫的行人，从我跟前横着一跳，便跳进一家灯火正盛的杂货。我才要下细看时，两个兵已提着敞亮的大砍刀，吆喝一声："你杂种跑！跑，跑得脱！没王法了！"一路上，许多自恃没有被拉资格的老人们，纷纷站在街边议论："越来越不成

话了！这是啥子世道呀！"

经过李劼人的生花妙笔，当年那个动荡混乱年代，还有老百姓的那种无助和担惊受怕，被淋漓尽致地展现在了我们眼前。而这样的动荡和混乱，在经过了军阀混战之后仍然没有结束。1939年春天，日本飞机开始轰炸成都，城里的人纷纷向城外疏散，李劼人一家躲避到了城外的沙河堡。当时李劼人的一个朋友在沙河堡的菱角堰经营果园，便把果园的一角廉价卖给了李劼人。那李劼人就找了几个泥瓦匠、木工，自己设计，修了几间茅草顶、黄土墙的房子，这就是现在李劼人故居"菱窠"的雏形。

虽说修建时只是作为临时的居所，但没想到李劼人在此越住越喜欢，一直住了24年，直到1962年去世。虽然住在郊外，但李劼人依然积极参与社会活动，呼吁正义和和平。比如白色恐怖横行时期，李劼人就多次发文抨击社会的黑暗和不公。

成都少城公园的大门，原本没有门槛的，而后来何以会有了几步挨拢阶梯的门槛呢？原因是自有公园以来，"舆马不入园"的牌子，业已在公园门口挂过十多年，已经成为共守的一条规律了。可我却亲眼见一位团长，乘着五人换着抬的三人大轿，恰巧巍轩轩地一直抬入公园。而一位愿意守法的平民，则挺而大呼说："太没规没矩了！"于是团长的勤务兵便拉出手枪，气势汹汹地来找这位主持正义的人，口头说："非打死这个爱管闲事的杂种不可！"大约自此以后，那块"舆马不入园"的牌子便有几分失效。我眼中所看见的这种只是设出种种条例来管人，来干涉人，来妨碍或限制众人天赋的自由，而自己专门犯法干禁，却能名利双收的大人先生们，实在太多了。

　　这些文字真实地反映出了当时社会的状况，但也让李劼人惹上了麻烦，国民党特务三天两头借故到菱窠来，密切注视着李劼人全家的一举一动。恐惧、愤怒、压抑充满着菱窠，好几次李劼人都想把特务赶出去，但都被家人拦住了。全家就在这样的状况下生活了近一年的时间，直到1949年中华人民共和国成立。从这个时候起，李劼人才开始了自己真正想过的一种生活。而书中的文字，也从这个时候起，才开始变得轻松和阳光起来。

李劼人生于1891年，比郭沫若大1岁，比巴金大13岁。中华人民共和国成立的时候，他已经58岁了。在这之前，他当过报纸编辑、大学教授、餐馆老板、工厂厂长等，但一直都不太如意，直到中华人民共和国成立，他渴望的生活才真正到来。当时李劼人的心情，可以用"欣喜若狂"四个字来形容。

他的女儿李眉就在这本书的序言中回忆说，解放军入城前夕的某一天，李劼人拿着一份报纸从城里兴冲冲地回到菱窠，向家人宣布了成都即将解放的消息。然后晚上特意让妻子做了几个可口的菜，并把儿子也从学校接回家，一家人是好好地庆祝了一番。

中华人民共和国成立后，李劼人以著名作家的身份，当上了成都市副市长。当时他的女儿问他："你平时说不愿做官，为什么现在又接受任命呢？"李劼人很坦然地表示，清朝和民国的官，他是不会做的。共产党，他却是相信的。1950年9月，李劼人正式就职后，分管市政和文化建设。今天，成都最著名的中轴线——人民南路，就是李劼人在任时主持修建的。这是作为副市

长的李劼人，为成都留下的最浓墨重彩的一道风景。李劼人参照
巴黎香榭丽舍大街的标准和规模来修这条路的时候，还引起过不
小的争论。因为这完全超过了当时很多人的认知，并且它的修建
还会把华西坝一分为二。不过现在来看，我们应该感谢李劼人，
要不是这位有远见的城市建设者，人民南路也许只是成都一条七
米宽的普通街道，成都也不可能有全世界最长的城市中轴线了。

　　这条人民南路，以现在成都市的市政建设规划来
说，恰好处在中轴线的中段。将来这条联系南北两车站
的中轴线为十公里，请将我所说的距离想一想，现在的
人民南路，岂不恰恰处在中轴线的中心一段吗？在这条
中轴线的南段，即是说在今天的人民南路之南，将来是
会出现不少的崇丽宏伟的大建筑的。人民南路的兴建，
它向成都人民说明了新社会的可爱；它增强了成都人民
对美好远景的憧憬，也增强了成都人民对社会主义建设
的信念。今天的人民南路，宽度六十四公尺，不但有街
心花圃，不但有行道树，而且是柏油路面，它是中轴线
上的通衢，它也是人民集会的广场，今天看来，它是何
等壮阔。不过今天的人民南路还在变化中。它将随着社

会主义社会的建设，而一年一年地变。肯定地说，它将愈变愈雄阔，愈变愈美好。

李劼人写这篇文章的时候是1958年，正是人民南路修建的那一年。可以说正是带着这样一份理想，这样一份热情，李劼人开始了这条成都中轴线的修建工作。他把对成都的爱和对未来的美好憧憬，都投入进了这条路的修建当中。而如今的人民南路——天府大道已经是全世界最长的城市中轴线——150公里的笔直的宽阔大道，正如李劼人书中所预见的那样，这条路是变得越来越雄阔，越来越美好。

而除了主持修建人民南路，在担任副市长期间，李劼人还出任了"成都市名胜古迹整修委员会"的主任，对市区内的多处名胜古迹进行了修整和维护，像现在的杜甫草堂博物馆，也是在他的主持下筹建的。为了修整这些名胜古迹，李劼人查阅了大量的古籍史料，这一方面是工作所需，另一方面也是他的兴趣使然。

比如，李劼人对成都的古城墙就很感兴趣。有关成都的筑城史，一直以来学术界普遍采信的一个说法，是自公元前316年秦灭巴蜀之后，过了几年，秦惠王便指派张仪父子开始修建成都城，这被认为是成都有城墙的历史的开始。但李劼人在翻阅了古往今来相关的史料后，专门写了一篇文章，认为成都最早的城墙并非为大家公认的张仪父子所修建。

按照历史记载，秦国灭蜀在周慎王五年，当公元前三一六年。但是，秦人在成都建筑城墙，却在公元前三一零年的时候。若史书所记不差，秦灭蜀五年之久方才建筑城墙。这里可以说明两个问题：第一个是《华阳国志》说过"开明王自梦郭移"，因而才把都城从郫县向东移了五十来里，移到成都来。"郭"为城外之"城"，有郭必城。设若开明王果自梦郭移，则其郫县故都有城有郭不用说了，即其移治到成都当然也会城有郭。第二个问题是，秦国灭蜀之后，虽然开明氏亡了，但蜀国的人民对于战胜国并不心服。因此公元前三一四年，为了防备和镇压殖民地上的土著民族，秦国移来了人民万家，这些人要聚集力量，不容分散，而且驻防的军队也要有一个建筑物，以作安全的保障，于是便修建起城墙来了。

　　李劼人认为在古蜀国的时候，成都可能就已经有城墙了，或者最晚在秦灭蜀后一年左右，也就是比张仪筑城早四年左右，当时驻守蜀地的秦军也应该为了防御把城墙修起来了。按照这种观点，成都的建城史应该比现在我们通常所认为的又早了好些年。当然，李劼人在这儿只是做一种学术上的思考和探讨，还不能算定论。只是从这件事我们不难看出，李劼人对巴蜀历史的研究已经到了一个非常精深的程度，他是真的很热爱这片土地啊。

　　说了半天李劼人在成都的工作和研究，还想谈一谈他的日常生活。很可惜，在这本书中我没找到这方面比较适合分享的文字。不过在前些年，我倒读过一封李劼人在去世前不久，写给著名历史学家、川大教授蒙文通的信，大意是邀请蒙教授到他家去喝酒吹牛，很有意思。

　　文通老弟足下：十一月十八日星期日，请命驾来菱窠吹谈小酌。先吃家常素面过午，而后放肆吹谈，而后吃成都餐厅作的几样好菜，伴以状元红绍兴酒。如此聚会，数年来未有，今忽有之，断不可失。现由九眼桥桥东头河岸边起点，已有公共汽车通到师范学院路口，来去比较方便。上车买票，但言师范学院，票费一角六分。有时因时间不对头，等上二三十分钟耳。特此奉约，并颂时祉！

今天我们约会聚餐，一通微信，发个地址链接就搞定了。你看当年先生的这封邀请函，安排之周到（连车票钱都说清楚了），用词之风雅，性情之真率，真让现在的我们心向往之。不过令人扼腕的是，就在这次聚会后大约两周，李劼人便因为心脏病和高血压发作被送进了医院，而这一进去，就再也没出来。

1962年12月24日，李劼人永远离开了他热爱的写作，也离开了他挚爱的成都。当时家里的书桌上，还放着没有改完的长篇小说《大波》。先生去世后，家人遵其遗嘱，将其所藏字画、书籍全部捐给国家，现在主要收藏在四川省图书馆，其中光是古籍线装书就有一千多部，一万多册。

自古以来，在中国人对人生事业的认识里，有著名的"三不朽"之说，即所谓的立德、立功、立言。在我看来，李劼人先生的一生，虽历经坎坷磨难，却凭着自己的高尚情操、坚强意志和过人才华，当之无愧地做到了这三点。以至于今天，当我们想起先生时，脑海中浮现出的，不仅有他那洋洋洒洒的"大河"三部曲，不仅有美丽的人民南路、杜甫草堂，更有一位知识分子守道不移的动人身影。

延伸阅读

————

《死水微澜》《暴风雨前》《大波》《天魔舞》

百年迁徙

《湖广填四川》/ 肖平

肖平，成都图书馆馆长，研究馆员。生
于1966年，毕业于北京师范大学，著有
《湖广填四川》《成都物语》《古蜀文
明与三星堆文化》等。

湖广填四川

是一段历史

也是一种精神

百年迁徙的背后

有不忍目睹的苦难

更有不屈不挠的再造与重生

相信很多成都人都有这样一个感受，身边的同事、朋友，也可能包括你自己，没有几个是真正的成都人。现在人口的频繁流动是一件很正常的事情，但要退回到300多年前，大面积的人口流动，对于安土重迁的中国人来讲，就是一件了不得的大事。而这样的大事，就发生在我们脚下的土地上，这就是著名的湖广填四川。

成都是一座移民城市，不仅仅是在今天，300年前，它就是了。

为什么会有湖广填四川，以前我的答案和很多人一样，说是因为张献忠把四川人杀完了。关于张献忠"屠蜀"的段子很多，有说为了取乐，这厮把女人的小脚砍掉，堆成了山；也有说为了充实军需，这厮把人肉腌制后，来当作军粮。总之，那就是一个心理变态的杀人恶魔。但后来，我又看到另外一种说法，说杀人的还有清军，只是清政府是绝不会承认这件事的，于是他们栽赃到张献忠头上，让他背这个黑锅。这些林林总总的说法，究竟哪一个才是历史的真相呢？

肖平先生长期致力于成都历史文化的研究和推广，《地上成都》《地下成都》《人文成都》都是他写的，包括《湖广填四川》在内，这些书出版后产生了很大的社会影响。如果你对成都的历史有兴趣，肖老师的著作不应该被错过。那么，回到我最初的问题：为什么要湖广填四川？当时四川人口急剧锐减的真实原因到底是什么？

在明末清初这接近50年的战乱，当然张献忠入蜀以后，跟清军也好，跟地方武装也好，那种战争掠夺，它都是人口减少的一个因素。再加上后期的瘟疫，其他这种附加的灾难，那么导致清初的人口，只有很可怜的八到九万人，就一个省份。

造成明末清初四川人口锐减的原因有很多，不能简单归结到某一方面。就拿张献忠来说，1646年他就在西充被清军一箭射死了，但直到19年后的1665年，清军才全部平定四川。如果四川人真的被张献忠杀得差不多了，清军用得着花费这么大的力气，用了那么长的时间？其实，当时四川曾被称为四战之地，明军、清军、农民军、乡村豪强，为了劫掠和邀功，都干过滥杀无辜的事儿。

比如当时在今天的重庆合川一带，有个叫李调燮的地方豪强，绰号"万人坟"。每当军粮匮乏的时候，他就派军队去抓一批百姓，杀死烹制成军粮，称作"人粮"，真是骇人听闻。而连年战乱，遍野的横尸，又引发了一场席卷大半个四川的瘟疫，什么"大头瘟""马蹄瘟"是到处肆虐。用史书上的说法就是"大旱、大饥、大疫，人自相食，存者万分之一"。就这样，人祸加上天灾，让四川地区是一片凋零，人口锐减。

1664年，康熙三年，据官方统计，成都地区只剩下寥寥数百户人家。这是个很恐怖的数字，就是说在成都这么大一片地方，所有的人加起来，现在一个中小规模的小区就给装下了。而周边的情况呢？新津，没人。郫县，没人。邛崃，没人！好不容易有人的地方呢，简阳14户，乐至27户。所以当时的成都入目都是废墟残垣、漫漫荒草，最缺的就是两个字：人烟！

其实说到历史上四川经受的巨大创伤，明末清初的那场浩劫并不是第一次。四川的衰落，从南宋末年就开始了。从战国时代开始，四川便已经进行了大规模的开发。秦国占有这片土地后，张仪扩建了成都城，大批的移民开始进入四川进行生产建设，都江堰就是那时候由秦国派来的蜀郡太守李冰主持修建的。此后的两汉时期，成都的制造业、织锦闻名全国。到了唐代，更是达到了"扬一益二"的程度。而到了宋朝，成都那也是全国数一数二的大都市，仅次于汴京和建康，还出现了世界上最早的纸币"交子"。

只可惜后来蒙古军队南侵，中断了这绵延了1000多年的繁荣。蒙军南分三路灭宋，其中西路走的就是四川。当时四川是南宋政权的纳税大户，所以南宋拼死也要保住这块宝地，加上四川民风也很彪悍，军民一道，利用四川的山形水势，前前后后和蒙古军队是死磕了50来年。蒙古帝国的大汗蒙哥就在重庆附近的合川钓鱼城丢了性命。但激烈的抵抗也引来了蒙军的疯狂屠杀，几十年下来，四川的人口从1000多万下降到不足100万。这是四川历史上第一次大伤元气。

好不容易等到蒙古人退回草原，四川才开始休养生息，人口也开始慢慢增加，但四川再也没有恢复到唐宋时期的水平。接下来，明末清初的天灾人祸，更是把四川给几乎整回了原始社会。蒙古军队劫掠过后，四川好歹还有80万人，也有说60万的。但顺治初年的统计显示，四川只剩下9万人了。这么大一块地方，才9万人，这是什么概念啊。就因为当时四川人口太少了，大片田园也被荒芜，于是大小城镇渐渐出现了森林化的趋势。如此原生态的环境，把山里的老虎们都给招来了。你说武松景阳冈上打老虎那也就是一只而已，可据记载，当时仅仅顺庆府，也就是现在的南充，因为战乱之后人烟凋敝，走出山林、活跃在这一地区的老虎，数目就约以千计。一千只老虎在乡镇村落间转悠，这是个什么场面啊，所以文献记录就说，当时四川的老虎已经多到了"古所未闻，闻亦不信"的程度。

虎患这件事是完全可信的，我们不看别的州县，我们仅仅看成都。成都是有六年，就是成都主城区两江抱城这个区域，它是六年没有人烟的。张献忠撤走的时候是火焚成都，整个成都市完全被烧毁的，那么出现过什么样的例子呢？就是四川省的省会，在清初不在成都，在阆中。这在两千多年的四川的历史上是没有的，仅仅有这一次省会是不在成都。

民间也兴起了很多关于老虎的故事。据说，老虎为了吃人，学会了很多匪夷所思的技能，可以游泳到水面的船上吃人，爬梯子到楼上去吃人，等等；文献记载，清初顺治年间，有个南充知县就给朝廷上表诉苦，说好不容易从甘肃招来移民506人，没多久就被老虎吃了228个，没办法又去招来新丁74人，结果又被老虎吃了42个；荣昌县有个县官要去上任，主仆一行8人还没走到呢，路上就被老虎咬死了5个。所以那时候，出门赶路、下地干活的，没个几十人结伴而行，那是压根就不敢出门。

面对这样的境地，如果不及时得到外界的输血，四川的情况很有可能会变得更糟。而大片肥沃的土地被闲置，这在清政府看来也是极不合算的。所以康熙皇帝的一道谕旨，是拉开了湖广填四川的大幕。

公元1668年，也就是清康熙七年，四川巡抚张德地就给皇帝上书，表示他倒是愿意为皇上鞠躬尽瘁，多交点税赋上来，但他得有人啊，否则巧妇难为无米之炊啊。于是康熙皇帝赶紧召集相关部门听取汇报，而后正式颁布了《招民填川》的诏书，下令从湖南、湖北、广东等地大举向四川移民，轰轰烈烈的湖广填四川就这么开始了。

这场著名的移民运动，几乎绵延了大半个清朝。

清朝初年移民入川运动如果从时段上划分，可以这样划分：首次移民始于顺治末年，从康熙中叶至乾隆年间是高潮迭涌的时期，而嘉庆年间移民运动已趋于尾声，前后长达一百多年。

要说清政府在鼓励移民入川上，还是想了很多招的。当时的官员们为了招揽移民，想出了很多创新举措。比如，移民前来开垦土地，官员就在县衙里办上了托儿所，大人下地干活之前，把孩子送到衙门里托管，收工的时候再来接回家。你看，几百年前的官员就在尝试建设服务型政府了。不过更重要的是，清政府对于迁入的移民，给予了很大的政策扶持。荒芜土地的赋税可以六年起征，生地荒山的赋税可以十年起征，零星土地则任由开垦，永免征税。

　　有了这么好的政策，又有贴心的服务，大量移民自然就源源不断地过来了。只不过最开始愿意过来的人，大多都是些在家乡难以谋生的贫苦百姓。这些人一路过来，旅途的艰辛超乎我们今天的想象。那会儿，扁担箩筐是移民们最普遍的运输工具。一家人肩挑背扛着全部家当，往往是走上两三个月，才到达目的地。很多人晚上都没有钱住客栈，碰到寺庙、岩洞、密林，便当作免费旅馆，要不就在人家的屋檐下借宿一夜。据说有个从湖南过来的姓汤的农民，身上宝贝似的带着一个泡得很久、已经黄白不分的盐蛋，每到吃饭的时候就取出来，拿筷子尖沾点咸味尝尝，就这样一个咸蛋，他硬是在路上吃了一个多月。

　　除了旅途的艰辛，可能最让移民们心绪复杂的，还是背井离乡的滋味。当时闽粤移民尤其是客家人，会在行囊里装进一些"特殊物品"：族谱、祖先的画像，甚至还有祖先的骨骸。中国人对家乡的依恋之情，真的是太深沉了。

　　湖广填四川这几个字，其实只是一个统称。当时的移民可不仅仅来自湖广一带，陕西、江西、福建甚至全国各地都有大量的人员迁徙到四川。就在上百年的时间里，迁入四川各地的总人口据称超过了600万。有一首《竹枝词》，把湖广填四川之后的成都民间市井描写得很形象。

　　大姨嫁陕二姨苏，大嫂江西二嫂湖。戚友初逢问原
籍，现无十世老成都。

　　今天四川人会很自豪地说"我是四川人"或者"我是成都
人"。但是退回两百年前，一般是听不到有人这么说的。人们只
会说，"我是湖北麻城的"，"我是广东长乐的"，诸如此类。
从康熙下诏填川开始，很长一段时间内，四川就是一个五方杂处
之地，大家都说着自己老家的方言，遵从着自己老家的习俗。现
在你去成都的洛带古镇，那里就有广东会馆、江西会馆。当地还
有很多人日常交流都说客家话，他们管下雨叫"落水"，管太阳
叫"热头"，据考证其语音语调与广东梅县话基本是一致的。

　　从什么时候开始，在四川这片土地上，人们会说"我是四川
人"了呢？一般来说，是清朝嘉庆以后的事情了，甚至有专家认
为，一直要到二十世纪初，清朝都要灭亡了，大部分清初移民的
后裔才正式认同了"四川人"这个身份。"年深异境犹吾境，日
久他乡即故乡"，用这句诗来形容这个漫长而复杂的过程，真是
再贴切不过了。

　　要说近代从四川走出来的名人，很多都是外来移民的后裔。

比如仪陇县老表朱德同志，祖上就是从广东韶关入川的；出生在乐至的陈毅元帅，祖籍是在湖南；江津的聂荣臻元帅，是贵州移民的后代；还有郭沫若、巴金、李劼人等，祖上都是湖广填四川时候来的。

今天我们身边很多习以为常的东西，都渗透着这场大迁徙留下的痕迹。川菜号称"一菜一格，百菜百味"，这八个字的背后，其实就暗藏着移民文化交融荟萃的意思。如果不是什么地方的元素都有，怎么会百菜百味呢？就说辣椒吧，四川人喜好麻辣，那是出了名的。但辣椒这个东西，明朝后期才传入我们中国。最先是在江浙一带种植，后来传到湖南，再后来，湖广填四川的时候，才传入四川。在这之前，四川人喜欢吃的味道，肯定和现在大不相同。魏文帝曹丕曾写道："蜀人作食，喜着饴蜜。"就是说三国时期的四川人，喜欢吃那种甜丝丝、滑腻腻的食物，搁今天，你能想象吗？所以今天四川所呈现的地域文化，本质上是一种既植根于本土又带有其他地域特点的混合体。

就我自己的感受来讲，我觉得湖广填四川给四川留下了两个重要的精神遗产。第一个，如肖平所说，那份友善与包容。我因为工作的原因去过很多地方，也见识过不同的地域文化。相比较而言，四川绝对是最包容的、最不排外的一个地方。在这片土地，你说普通话，还是说其他方言，大家都不会对你区别对待。这是移民文化的一个特点，让很多人来了就不想离开。

第二个，就是开创自己美好生活的一份坚韧。很多人常常只看到成都人的闲适，却没看到成都人的坚持。这片土地虽然温润宜人，但并不是一帆风顺，它享受过繁华，也经历过劫难。而无论是抗击入侵，还是重建家园，每到关键时刻，这里的人都表现出了异乎寻常的勇气和坚持。一座小小的钓鱼城，硬是挡住了蒙古大军36年；三百万川军出川抗日，更是抗战史中的一曲壮绝悲歌。而绵延百年的大迁徙，则从一个角度折射出了这片土地的生生不息。

读肖平的《湖广填四川》，留给我们的是一段激荡人心的历史，更是一种未曾磨灭的精神。

延伸阅读

————

《古蜀文明与三星堆文化》《地上成都》《地下成都》《人文成都》

大时代下的小历史

《袍哥：1940年代川西乡村的暴力与秩序》/ 王笛

王笛，历史学者，国内微观史学代表学者。现为澳门大学历史系主任，同时担任中国社会科学院近代史研究所特邀研究员。

观察一个生命体

观察一个时代变迁

可以是宏大叙事

表现他的波澜壮阔

还可以微观细腻

展示局部肌理和内部细胞

这恰恰是人们可以触及的历史

芸芸众生

才是组成历史的真实素材

《诗经》里面有一句话是男人喜欢的，"岂曰无衣，与子同袍"。远在3000年前，中国人就已经把战友比作是同袍兄弟，大家在一起为了一个既定的目标同心协力共同战斗，这种比喻、这种认同，随着时间的演化，袍泽之情就成了中国人情感当中非常重要的一分子。

那么曾经的四川袍哥，他们有没有这样一种精神呢？在我少年时代的印象中，袍哥就是反动会道门，黑社会，大坏蛋，反革命分子。

当然现在也有人从另外一个维度上来讲，说袍哥虽然不是《诗经》里那种传统意义上的战友，但是他们也有着战友一样的组织形式，他们讲辈分、讲规矩、讲义气、讲传统，甚至还有你想象不到的一腔热血，尤其是在抗战阶段，百万四川男儿血洒战场，其中多数都是有着袍哥身份的年轻人。如果你对四川近代社会和文化有兴趣的话，袍哥文化就是一堂你无论如何都绕不过去的必修课。

我第一次接触《袍哥：1940年代川西乡村的暴力与秩序》，是在诗人翟永明的白夜酒馆，参加王笛这本新书的分享会。他不带学术腔的文字表达令人亲切，他从普通民众的角度去看历史，用微观研究的方式，或者说他喜欢从历史的最底层往上看，而不是从上往下看，特别注重细节，有温度。

他说历史不只是帝王将相的舞台，不能对普通人不闻不问。在他的另外一本书《消失的古城》后记里，表达了一贯坚持的书写态度：

> 我希望以通俗的语言、生动的历史叙事，对我们理
> 解一个中国内陆城市、城市文化和城市历史，提供一本

> 具有可读性，但又引人思考的大众历史读物。过去我们
> 写历史，忽略了底层民众……他们是"失语"的民众。

为了能够让后人看到过去那个时代的人民，以及他们具体的生活状态和心理状态，他使用了一些文学描述性的方法，认为写微观史的时候是可以利用和借鉴文学描述的。无论是《袍哥》还是以前的《茶馆》，都是带有文学性描述的微观史，甚至连李劼人先生的小说《死水微澜》里面的很多内容，王笛都把它利用了起来。

说实话这非常冒险。一些正统的历史学家对此颇有微词。但是王笛不忌讳，而是特别强调说，他写的是历史，不是写小说，不可以随意想象历史，每一句话它都得有根据，不能靠小说家的想象去完成这件事情。虽然说《袍哥》是以讲故事的形式展开的，但是我们读了之后，就会发现它注释得非常详细，可以找到的资料都有出处。

王笛在美国、澳门都做过教授和学者，他是成都人，特别关注他曾经生活过的城市在近代过程当中的变化和发展。他曾被二十世纪四十年代燕京大学女学生沈宝媛写的一份田野调查报告

所触动——这篇论文记录了一个与袍哥有关的真实的悲情故事，所以他从二十世纪八十年代展开了自己的调查和研究工作，进入到袍哥的隐秘世界，去了解自己曾经生活过的这个区域的特别组织，考察袍哥的结构，包括他们的信仰和家庭生活状态。

　　故事发生在成都附近的"望镇"，一个不起眼却又十分典型的川西平原小乡场，那里住着一户雷姓人家，男主人叫雷明远，虽然只是一个佃户，但他另一个身份是当地袍哥的副首领，或者叫作"副舵把子"，并非等闲之辈。这时他的女儿淑清已经出落成少女了，在念完私塾以后，没机会接受更高的教育，就一直在家里做女工。那年家里请来一个年轻的裁缝做衣服，两人在一个屋檐下，朝夕相对，裁缝边干活边和淑清闲聊，时间一久，关系越来越密切。

　　我们今天无从得知他们的关系究竟发展到什么地步，反正流言开始在"望镇"传播，"有人甚至还在传说着他们曾干过不名誉的事"，留言传到了雷明远耳中，他暴跳如雷，发誓要将这对恋人活捉严惩。

这个故事的结果就是雷明远按照袍哥宗法的规矩，公开枪决了自己的亲生女儿和小裁缝，两人都死了。这个故事听起来的确是很悲情，但又很真实，王笛从一个小切口进入到袍哥的大世界。

故事讲得引人入胜，通过对各种史料的梳理，王笛发现，袍哥这个组织在四川地区拥有令人难以想象的庞大网络。比如说，单从参加袍哥组织的人数来看，1947年有一个研究结果，几乎三分之二的人都参加过，主要是男人，而且三教九流无所不包。

中华人民共和国成立以后，大概是在1951年左右，成都市人民政府要求各个茶馆的雇员，不管你是做工的、掺茶的，还是做表演的，都必须向政府登个记，当时70%以上的人填的都是"无党派，有袍哥"。

问题就来了，为什么这么多的劳苦大众都要去参加袍哥组织?

王笛的调查结论是，为了寻求社会保护。当时的百姓要加入某个行业，如果说没有袍哥背景的话，很麻烦，受到欺负之后你毫无办法，因为那个时候，有些事情官府帮不了你，警察也帮不了你，全靠这种基层的民间自发的组织，也就是说只有靠袍哥这样的组织了。

　　我们再追溯回去看，二十世纪四十年代袍哥的影响非常之大，政府和军队里面都有袍哥成员。中国民主同盟主席张澜，民国时期当过四川省的省长，还当过成都大学的校长，这样的知识分子，他也参加过袍哥。

　　袍哥势力在四川的扩张经历了长期的历史过程，他从清初反清复明肇始到辛亥革命风光一时，从清朝被严密查禁的非法团体到民国时期成为半公开的组织，从早期边缘人群的秘密活动到后期渗透到党政军各级机构，这些都表现了组织强大的生存和发展能力。

　　20世纪二三十年代，川省政局不稳，兵匪盛行，秩序混乱，地方需要袍哥来维持秩序，组建民团，发展武装，控制地方，保境安民。四川由于军阀混战，防区不断变化，权力经常转移，各级官员频繁更迭，降低了其地方管理的能力，萎缩了其权力施展的范围，致使对底层失控。

　　可以这么说，在特殊的兵荒马乱的时代，民不聊生，这才导致了地方袍哥势力的趁势崛起。而这样的崛起，又颠覆了几千年以来另外一个传统社会当中的管理阶层——乡绅。原先这些乡绅，要么是有文化的中小地主，要么是科举及第的赋闲士子，他们近似于官又异于官，近似于民又在民之上，是这么一个阶层的人士。

可是袍哥来了之后，乡绅们在乡村中的主导地位就被完全取代了，而这种乡绅势力被取代之后，袍哥的规矩就成了江湖的法则。袍哥首领雷明远就是用私刑处决了自己的女儿和裁缝，这就是袍哥的规矩。不过规矩并不只有残酷无情的一面，还有一些挺有意思、很讲究甚至说有仪式感的趣事。

"摆茶碗阵"是袍哥另一种主要联络方式，也是其秘密语言的一个重要部分。这个仪式中的阵显然是来自古代战场上军队的阵势，借用这个字显示了当袍哥在茶桌上用茶碗进行对话时，犹如战场上的厮杀，是事关生死的力量角逐。

"茶碗阵"千变万化，许多是用于联络和判断来者的身份和资历，主人可以把茶碗摆成各种阵势，而来访者则必须有能力回应，并以暗语或者是吟诗作答。某人进入茶馆，堂倌从其动作便能猜出他可能是道中人。

从宏观角度上来看，袍哥组织虽然说有很大的局限性，他们曾经是一个地区混乱的缩影，一旦出现一个统一的、强有力的政府，这样的社会力量会自然消亡。不过袍哥组织虽说已消失了差不多半个多世纪了，但是袍哥的影子似乎还在，有些生活上的习惯在一定的程度上，对我们今天的人、今天的生活还是有影响的。

比如说四川人仍然喜欢到茶馆里面去谈事情、做生意，甚至他们的很多"黑话"，还出现在今天的日常语言中，像"落马"这个词，过去它是指袍哥兄弟遇难了，现在指的是贪官垮台了；还有什么"抽底火""打滚龙"，这都是当年道上的"黑话"；尤其是在人与人之间的关系上，兄弟的豪情、江湖的义气等，仍然存在于大众文化当中。

《袍哥》这本书可以说是关于中国秘密社会的第一部微观史作品，从一个微观的袍哥家族来了解整个袍哥组织，这其实就是王笛用他独特的历史视角，向我们展示了袍哥的历史，丰富了我们的认知，看到了以前我们不曾了解的一面，包括他们劫富济贫、锄强扶弱的一面……他们会去做各种慈善，甚至是开仓放粮做粥厂。袍哥里的土豪劣绅其实极少，大量的袍哥在面对民族大义的时候，更有奋不顾身、舍生取义的侠者精神。

延伸阅读

————

《一座消失的古城》《跨出封闭的世界》《街头文化：成都公共空间、下层民众与地方政治（1870－1930）》

扫描二维码

◇观看节目

◇静听朗读

◇心意书单

捌

我有新诗何处吟

与文学知已的一场文学远征

《文学回忆录》/ 木心

木心（1927—2011），本名孙璞，字仰中，号牧心，笔名木心。中国当代作家、画家。

　　我们很多人可能都是通过陈丹青的介绍才知道木心的。早些年文化圈里的人偶尔读他的书还以为他是台湾的，台湾读者又以为他是民国时期的一位老学者，这可能跟他文字当中的腔调有点关系。很惭愧，我以前从来没有读过木心的书，《文学回忆录》是我儿子介绍给我的，他说他是因为关注陈丹青知道了这本书。

　　二十世纪八十年代木心客居纽约，就跟一帮从大陆过去的年轻艺术家们聊文学，也没有正式的课堂，大家是席地而坐就听木心神聊，这一聊就聊了五年时间。第一堂课是在从四川过去的画家高小华家里面开讲的。高小华先生这些年在成都也很活跃，他的油画《辽沈战役》超级宏大，每年我们还有一些活动会聚在一起。

　　这本《文学回忆录》，我是从后记开始读的，陈丹青的这段文字令人感动。

　　　今年春诸事忙过，我从柜子里取出5本笔记，落在床头边，深宵临睡，一页一页读下去，发呆出神，失声大笑，自己哭起来。我看见死去的木心躺在灵床上，又分明看见20多年前大家围着木心听他讲课，我们真有过漫漫5年的纽约聚会么？瞧这满纸木心讲的话是我的笔记，也是他的遗物。

《文学回忆录》从古希腊神话到诗经、宋词，东方西方通讲，我甚至觉得这本书它不是一个纯粹的讲文学的书。重要的是什么？木心的观点很有意思。

比如"玩物丧志，其志小，志大者玩物养志"，这是看透人间万象的一个表述。你看14个字就可以颠覆世俗的观念。马未都先生就是玩着玩着不仅养了志，而且还传播了中国的古文化，所以马未都把玩物丧志这句话从我的脑袋瓜当中彻底地颠覆了。

这本书对于我来说，像是自己人生当中遇到的一位二次启蒙的良师，这种启蒙像顿悟的感觉，就好像你花了10年时间，你读了100本书，可是忽然有那么一天，有一本书、有那么一个人一下子把你给激活了。晚年的木心有一回对陈丹青说："可怜啊，你们读书太少。"我当时看到木心这句话的时候一身冷汗，听他讲课的那些人读的书比我多不知多少倍，我以前确实是读书不多，知道自己的根基非常浅，但有时候还是自我感觉良好，甚至附庸风雅，我想如果再这么走下去，注定是走不远的。

那么木心以前是怎么读书的？在二十世纪三十年代抗战初期，木心大概十三四岁，他在乌镇，躲在那儿，几乎读遍了当时所有能到手的书。

> 世界上的书可分两大类，一类宜深读，一类宜浅读，尼采的书宜深读。你浅读（就陷于）骄傲自大狂，深读读出一个自己来，罗兰的书宜浅读，你若深读即迷失在伟大的空想中。

而他借书的渠道主要是茅盾的藏书，他很爱惜书的，凡是破旧的书籍，读完之后，都会细心地把它修补好，然后再去还给茅盾。

对于这么一个聪明懂事的少年来说，茅盾当然是很乐意把书借给他的，当时的茅盾已经是名扬中国的重要作家了，所以我能够想象到当木心从茅盾那里读到一本又一本名作时，他内心里定是充满了一种幸福感的。这样的文化传承，很人性，也很温馨，而这就是木心踏入文学圣地的第一个起步。

在大陆最早引导读者去阅读木心的人是作家陈村，他说过这么一句话，"初读木心如遭雷击，彻底词穷，当真觉得自己瘪下去、矮下去却又无比愉悦"。读木心的文字，我确实能够感受到他是一位孤独的试验者，同时也是一个思想的流浪汉，他的文风中蔓延了民国范儿，在文字当中有一种"老清新"的味道。

有一次他在纽约上课，一进门就说，一路走来，觉得什么都可原谅，但不知道原谅什么。那天回家之后，他就把这种心境写成了一首诗，这首诗后来在木心的诗集《我纷纷的情欲》里出现过，木心整首诗都在为最后那两句营造，或者说是还原触发他的情景。

> 紫兰鸢尾花一味梦幻，都相约暗下，暗下，清晰，
> 和蔼，委婉。不知原谅什么，诚觉世事尽可原谅。

木心为什么要原谅？我想他这种原谅应该是一种胸怀，至于

他为何又不知道原谅什么，我只能说这可能是一种更大的胸怀。

《文学回忆录》问世后，读木心作品的人是越来越多了，木心的身世也被很多人了解，我大概是喜欢木心文字中的那种讲述感，尤其是他自由发挥时往往是妙语连珠。在第五十六讲《未来主义、表现主义及其他》，第845页谈到卡夫卡的时候，他说"卡夫卡像林黛玉，有肺病也爱焚稿，应该把林黛玉介绍给卡夫卡"，这是一种戏谑之说，既反映了木心敏捷的思维，同时把文字写得非常之活跃，读起来印象就很深刻。

在讲到唐诗的时候，木心的思维率真跳跃，就突然绕进了《红楼梦》里头，说"《红楼梦》中的诗如水草，取出水，即不好，放在水中，好看"，印象最深的就是木心的这种文字，它不是线性的，而是发散性的。

还有更有趣的一点，木心对于古今中外的那些文学大师、艺术大家，从来都是用平视的角度去看，而不是用仰视的态度，是不加修饰、坦坦荡荡地表达自己的观点，他甚至跟英国诗人拜伦称兄道弟。

他是贵族、诗人、美男子，英雄是多重性质的象征。我小时候一看这名字还没读作品就受不了了。再看画像，更崇拜。宝玉见黛玉，说这位妹妹好像哪见过，我见拜伦这位哥哥好像哪见过，精神血统就是这样。席勒，我总隔一层。雪莱，我视为邻家男孩。拜伦，我称为兄弟。

在《文学回忆录》当中，木心这样描绘伟大文学家对他自己的成就的自觉，所以梁文道因此推测木心也是具有这种雄心的人，具有这种企图、这种雄心的中国作家，说实在话现在已经非常少了，这就是木心之所以是木心的原因。

屈原写诗一定知道他已永垂不朽，每个大艺术家生前都公正地衡量过自己，有人熬不住。说出来，如但丁、普希金。有种人不说，如陶渊明，熬住不说。

2016年11月15日，陈丹青在乌镇策划的木心美术馆开馆，这是木心晚年的愿望。陈丹青知道，木心希望能有一个自己的美术馆。早在2011年11月15日，陈丹青就把设计好的美术馆初稿带给木心看，当时木心非常专注地看了好长时间，说："好漂亮的美术馆，我可以安心地去死了。"

延伸阅读

————

《琼美卡随想录》《散文一集》《西班牙三棵树》《巴珑》《温莎墓园日记》

一片诗心在玉壶

《中国古典诗词感发》/ 顾随著，叶嘉莹整理

顾随（1897—1960），中国韵文、散
文领域的作家、理论批评家、美学鉴赏
家、文化学术研著专家。

诗人

是落入凡间的精灵

他们轻视一切外物

故能以奴仆命风月

他们重视所有众生

故能与花鸟共忧乐

那一首首性灵之作

会让你反复诵念

欲罢不能

有些朋友背诵诗词的能力很厉害，我羡慕而不可学。但"白日依山尽""床前明月光"，或者"谁知盘中餐，粒粒皆辛苦"我还是背得来的。能背的好处谁都知道，如果能体会到诗那字里行间的美好，那才是更好，起码会觉得对得起自己是个中国人。

当和你的年轻女友站在海边，为她吟上一句王维的"潮来天地青"，肯定比你大喊一声"好宽阔的大海啊"更让她心生崇拜；和朋友小酌，你会觉得杜甫的"浅把涓涓酒"，比"兄弟，干喽"，更有儒雅之情。当我们能借用数百年甚至上千年前的先贤的文字表达此景此情，能够在诗中找到心意相通的时候，那种莫名的感动，我想不少人曾是体会过的。诗中有情，诗中有理，一如顾随先生所说："最好的哲学家即是诗人，最好的诗人即是哲学家。"

我读顾随的书很少，二十世纪九十年代曾在书店里见过，那是先生的遗作，因为他在1960年就去世了，大概也就活了60来岁。他的名气也不算大，不过说起他的两位弟子大家可能会比较熟悉，一位是红学泰斗周汝昌，一位是全解古典诗词的大家叶嘉莹。

顾随先生是民国时期学贯中西的大家，一生专注教书育人，叶嘉莹在辅仁大学上学的时候就受教于顾随，《中国古典诗词感发》就是叶嘉莹根据听课笔记整理而成的。顾随在学问上涉猎非常广，写过散文、小说和杂剧，在佛学和禅学方面也有著作，但叶嘉莹觉得老师最大的成就还是对古典诗词的讲授。

先生之讲课，重在感发而不重在拘狭死板的解释说明，所以有时在一小时的教学中，往往竟然连一句诗也不讲。表面看来，也许有人会以为先生所讲者都是闲话，然而事实上，先生所讲的却是诗词中最具启迪性的精论妙义。

　　所谓感发，就是对于一首诗，并不细究诗句的白话意义，而是抓住诗中的意境和诗人的心情，一路侃侃而谈，飞扬变化，神行万里。这样的授课方式，我在学生时代是不曾体会过的。小时候老师讲诗词，讲的是时代背景、中心思想，还有白话翻译。那会儿诗像是一个笼子，折腾来折腾去都在笼子里。但在顾随这里，诗是一叶扁舟，带着你踏入青山绿水，驶向白云深处。这本书开篇是一首我们并不太熟悉的诗，王绩的五律《野望》：

　　　　东皋薄暮望，徙倚欲何依。
　　　　树树皆秋色，山山唯落晖。
　　　　牧人驱犊返，猎马带禽归。
　　　　相顾无相识，长歌怀采薇。

　　王绩是唐初诗人，后人评价他的作品"真率疏放，有旷怀高致，直追魏晋高风"，他把乡村傍晚的景色写得相当漂亮，秋色层林尽染，夕阳柔光覆盖山际线，远处，牧人吆喝着牛犊回家

了，猎人带着收获的山禽骑马返乡，我远远地望着他们，独自吟
咏一曲悠悠长歌，怀念采薇的隐士。我们一直就是这样读诗的，
但顾随不是。他大概只读到两个字：寂寞。

他说真正的寂寞，"外表虽无聊而内心忙迫"。这种解读
也是我不曾接触过的，但是让我心里一亮，没错，真正寂寞过的
人，应该能体会那种"四周寂静，内心却万马奔腾"的滋味。顾
随说，王绩在这首诗里表达的就是这种情绪。如果你找来这本
书，随着这条线往下看，你就会发现，哦，原来诗应该是这样
读，这样感受的。

杨葵在作品《坐久落花多》中，把顾随的《中国古典诗词
感发》和木心的《文学回忆录》比较着来讲。两本书都是听课笔
记，一个是叶嘉莹的，一个是陈丹青的，老师是大师，学生是大
咖。不过杨葵认为顾随更胜一筹。

　　　木心场子拉得大，显示在题目大，全世界的文学
　　史。讲出来的格局并不大，历史、人文，大抵如此，讲
　　的是"物"。顾随只讲诗词，摊子铺得客气，格局却
　　大，问一昇，探来去，辨垢净，讲的是"心"。

　　杨葵这样说，一开始我并不完全认同，我觉得萝卜白菜各有所爱，深浅各有所钟。木心是在给客居美国的一帮画家普及文学史，从古希腊到后现代，包括《红楼梦》，样样都讲，确实不如顾随在大学讲堂里专题讲授诗歌来得细致深刻。后来我发现杨葵的这一番比较，很像顾随先生对李白和杜甫之间的比较。"李杜文章在，光焰万丈长"，李杜并列，一个豪放，一个深沉，一个是"诗仙"，一个是"诗圣"，难分伯仲，没有高下。但在顾随先生眼里，显然更为欣赏杜甫。虽然他夸赞李白"天才、高致"，但在他心中，太白诗有豪气，但豪气不可靠。一有豪气则易感情用事，而真正感情亦非豪气。因真正感情是充实的、沉着的，豪气则颇不充实、不沉着，易于流于空虚、漂浮。

　　顾随觉得李白不够实诚。为了说明这个观点，他拿李白的《江上吟》举例，"功名富贵若长在，汉水亦应西北流"。汉水是向东南流的，不可能向西北流。李白这么说，就是要表达功名富贵的不可持续性。对于李白的这种表达手段，顾随也是不太认同，他说"豪气，但不实在，唯手腕玩得好而已，乃'花活'，并不好"。说李白玩的是花活儿，这评价是相当不客气啦。

　　但对于杜甫，顾随则非常推崇，他认为杜甫在唐诗中是革命者，打破了传统，表现的不是音韵的"韵"，而是力量的"力"。他用杜甫在成都草堂写的一首诗举例，"窗含西岭千秋雪，门泊东吴万里船"，这两句诗已经成了成都文旅广告词，在成都无人不知，每当诵读这两句诗的时候，人们脑海里都会浮现出一幅风景画，西岭雪山美，成都锦江流，但很少有人想过风景之外的深意。在顾随看来，从小小的窗户望出去，能看到"千秋"，从一扇门走出去，能走向"万里"，这可不是每个人都有的眼光和胸襟啊，能有这样的思想和笔墨，非有伟大的人格力量不可，非把自己的心扉彻底打开不可。

老杜诗中有力量，而非一时之蛮力，横劲。其好诗有力，而非散漫的、盲目的、浪费的，其力皆如喝水之拍堤，乃生之色彩，生之力。

说到"力"的概念，我年轻的时候读《约翰·克利斯朵夫》就隐约感受到约翰·克利斯朵夫的音乐就充满了"力"。但这个"力"具体应该是什么样子，我当时还觉得很抽象。顾随对杜甫的解读，让我有点明白了，要说诗本来就具有音乐性，是可以入乐的。我在想，如果时光能够交错，让约翰·克利斯朵夫的原型贝多芬和杜甫可以相遇，那真该是多么美好的一个场景啊。

> 出门搔白首，若负平生志。
>
> 冠盖满京华，斯人独憔悴。
>
> 孰云网恢恢，将老身反累。
>
> 千秋万岁名，寂寞身后事。

——杜甫《梦李白》节选

从人生经历来讲，贝多芬和杜甫，包括初唐诗人王绩，他们都充满寂寞感。自古以来，许多伟大的艺术家、作家、诗人，无不寂寞。但丁的《神曲》，歌德的《浮士德》，曹雪芹的《红楼梦》，表面很光鲜，内容很热闹，但里面透露出来的寂寞，是贯穿始终的，是藏不住的。只不过我们这些平常人在寂寞中只能抒发些枯寂的情绪，而大师们却能在寂寞中描写生的色彩。顾随一直试图告诉我们的一个感悟：好的诗，会从寂寞里迸发出炽热的感情，以及伟大的力量来。从这样的角度去

欣赏和品鉴，才能真正理解所谓诗心和诗情，才能透彻领悟，
中国古典诗词真正的美。

延伸阅读

———————

《独陪明月看荷花》《大家小书：名篇词例选说》《古典诗词讲
演集》

诗书的美是永恒的美

《与诗书在一起》/ 叶嘉莹

叶嘉莹，号迦陵，1924年7月出生于北京的一个书香世家，教育家、中国古典文学研究专家，专攻古典文学方向。现为南开大学中华古典文化研究所所长，中华诗词学会名誉会长，博士生导师，加拿大皇家学会院士。

她是古典文化的传灯人

坚守讲台七十年

度人无数

诲人不倦

她是诗礼风度的笃行者

飘零之后再归来

其情愈真

其志愈坚

走进她的世界

你能明白

苦难并不足畏

只要有诗书为伴

　　在今天的中国，就古典诗词这个领域而言，叶嘉莹叶先生当是一面旗帜，算得上是当今整个华人世界里面讲解中国诗词最有名也最有影响力的一位女性大家了。她有很多学术专著，多数是她几十年讲课的讲稿整理而成。她几乎把整个中国诗词史讲了个遍，《唐宋词十七讲》《清词选讲》等，在世界各地都留下了她的声音，她还是台湾地区第一个在电视上讲古诗词的人，她说这一辈子除了讲诗词，别无杂念。

她为什么如此热爱中国古典诗词？我想可能不仅仅和她的身世有关：叶嘉莹生在1924年北平的一个书香世家，童年的种种苦难养成了叶嘉莹敏感多思的气质，年轻时经历磨难，悲惨失意，而这所有的郁闷和彷徨都在她诗词的长短句中得到了最好的释放。

> 我是一个对于精神感情的痛苦感受较深、而对于现实生活的艰苦则并不十分在意的人。我之所以喜爱和研读古典诗词，本不是出于追求学问知识的用心，而是出于古典诗词中所蕴含的一种感发生命对我的召唤。

叶嘉莹17岁的时候考入辅仁大学国文系，师从古典文学大家顾随先生，她和顾随的关系，很像陈丹青和木心的关系，比如陈丹青整理了木心的讲课笔记《文学回忆录》，叶嘉莹也整理了顾随的讲课笔记《中国古典诗词感发》。顾随对古典诗词的阐发，已经达到了心中有剑、手里无剑的境界，读来字字珠玑，随便一段都那么灵秀飘逸，但这种飞扬变化、神行万里的状态，却不是什么人都能领会的。而对于大多数诗词爱好者而言，倒还是叶嘉莹更为适合，跟着她的思路，顺着她的声音，就好像老师亲切地握着你的手，一步一步把你带入诗学殿堂。

这几年叶嘉莹创作的关于中国古典诗词方面的书籍和版本很多，还专门为孩子们选编了《给孩子的古诗词》。对于还不太熟悉叶嘉莹的人来说，这本《与诗书在一起》或许是了解这位老人最好的一个开始。叶嘉莹对自己的评价很有意思，她说她这个人，没有什么远大的志向，从来不去主动追求什么，被丢到哪里，就在那个地方尽自己的力量，做好应该做的事情。让念书，也就念了；毕业后让教中学，也就教了；一位老师欣赏她，把他弟弟介绍给她，后来也就结婚了。只不过，在这个不算自己选择的人生里，叶嘉莹却始终认定了一个死理，那就是"要与诗书在一起"。70余年来，无论经历了什么样的变故和磨难，她一直坚守着三尺讲台、一方书桌，吟诵着那些赐予她前行勇气的美丽诗句。

在《与诗书在一起》这本书里，叶嘉莹品解的第一首诗，是陶渊明的这首《咏贫士》："万族各有托，孤云独无依。暧暧空中灭，何时见余晖。朝霞开宿雾，众鸟相与飞。迟迟出林翮，未夕复来归。"对于陶渊明，大家的印象是两个字：淡泊。"云无心以出岫，鸟倦飞而知还"，真是淡泊。但你看叶嘉莹一上来就说："陶渊明真是一个有勇气的人，他能够在孤独寂寞之中坚持下来、活下来，能忍受别人所不能忍受的孤独与寂寞。"我们看到的是淡泊，叶嘉莹看到的却是勇气。仔细想想，还真是这个道理，无论是古代还是今天，淡泊都是需要勇气的。要说叶嘉莹对诗词的理解和品读，基本还是沿袭老师顾随的路子，不太关心字面意义的挖掘和考证，而是注重主观感受的阐发。

> 诗歌的美感是伴随着声音传达它的情谊的，你把声音丢掉就不对了。我只是因为刚才讲到，"独在异乡为异客，每逢佳节倍思亲"。我现在不是吟唱，我只是诵读。中国的诗歌，要把他原来的声音的美还给他。

我估计多数年轻女性读者会喜欢这本《与诗书在一起》，而我个人对叶嘉莹解读杜诗的书籍兴趣要大得多，不仅是因为我热爱杜甫，更是因为我生活的这座城市——成都，是中国诗歌文化中心，杜甫草堂又是中国诗歌的圣地。所以我特别想要推荐《叶嘉莹说杜甫诗》，这本书可以说到了一个出神入化的境地，我真是越看越倾倒于她的学识和风度。我们之所以说叶嘉莹先生是最好的诗词老师，就是因为她能够把很多东西讲解得非常浅近，很多感发随手而至，同时又能够把诗中的典故、基本的文史知识好像顺手拈来一样贯穿在讲解中，这就是为什么很多人读叶嘉莹先生的书，总是觉得好像上了一堂中国文化通史课。

她说杜甫诗，拿李白诗对比。李白是一个不受约束的天才，喜欢在规范之外，而杜甫正好相反，他是规范之内的天才。李白的诗多半是从自己出发的，你看不出诗跟他的日常生活或者他的时代有什么必然的联系；杜甫不是这样的，他关心民众，他的很多诗都能够让我们看到当时的社会环境，他的诗之所以称为诗史，就是因为他把时代的背景都写入诗中，既有时代的历史，也有自己的身世，所以你只有了解他的种种经历，才知道他所有的感动都是从他自己的生命生活中反映出来的，才能够真正欣赏他的诗。甚至有人把杜甫的诗当成一个很重要的史料，去研究盛唐时期的各种社会民情和细节。

叶嘉莹说："我之所以90多岁还在讲诗词，是因为我觉得既然认识了中国传统的文化有这么多美好、有意义、有价值的东西，就应该让下一代的人能够领会、接受。如果我不能够传输给下一代，是我对不起年轻人，对不起古人，也对不起我的老师。"所以叶嘉莹对现在很多学生不了解自己国家的历史和地理感到非常惋惜。

只有了解了民族的历史和地理，你才对国家有一种感情，才知道这个国家过去盛衰兴亡的前因后果，以后应该怎样去改善。

叶嘉莹曾经来过成都，她喜欢这里，写下了"一世最耽工部句，今朝真到锦江边"。她说她这一辈子读诗、写诗、讲诗，太迷恋、太喜欢杜甫的诗了，杜甫的诗中经常写成都这里如何如何，她非常向往，一定要到杜甫描写的景象中亲自体会一下。如今她也来到锦江边，她说她在成都看见了历史。

岁月不居，时节如流，只有内在的精神和文化方面的美，才是永恒的。

延伸阅读

———————

《多面折射的光影：叶嘉莹自选集》《独陪明月看荷花》

纳兰心事几人知

《我是人间惆怅客》/ 杨雨

杨雨，1974年出生，湖南长沙人，文学博士，现任中南大学文学与新闻传播学院教授、博士生导师、中国古代文学专业学科带头人。

他生于温柔富贵

却满篇哀感顽艳

身处高门广厦

却常思山泽鱼鸟

他在世间只过了匆匆三十载

却成就了一段三百年的不朽传奇

我是人间惆怅客

纳兰心事几人知

　　纳兰容若从什么时候开始被大家关注的，应该是从2006年电视剧《康熙秘史》的播出后开始的。从那时起，我身边不少文艺青年，尤其是文艺女青年，就把纳兰奉为了自己心目中的"男神"。曾经有一段时间，我的社交软件上，至少有三位朋友的签名都是"人生若只如初见"，可见纳兰才子是多么深入人心。可你知道这句词的下一句是什么吗？

人生若只如初见，何事秋风悲画扇。

等闲变却故人心，却道故人心易变。

骊山语罢清宵半，泪雨零铃终不怨。

何如薄幸锦衣郎，比翼连枝当日愿。

这首《木兰花令》里有一个典故。传说汉成帝喜欢上赵飞燕姐妹后，就疏远了原来的相好班婕妤。那班婕妤就写了首《怨歌行》，说自己为情郎做了消暑的扇子，但在秋天到来，天气凉快了以后就被情郎扔弃了，以此来表达自己被打入冷宫的幽怨之情。后人就用秋扇被弃，来比喻男人变心。这本是纳兰模仿一个被情郎抛弃的女子，写下的一首幽怨词，但相信了解整首词的人并不多，大多数人就只记住了那一句"人生若只如初见"。

如同仓央嘉措一样，虽然纳兰容若这些年很火，但被误读的时候也很多。比如有人说他这首《木兰花令》是怀念他那个被选进宫的表妹的，但这其实是一件没法考证的事情。更有过分的，我看到过有一个电视剧，胡乱演绎康熙和纳兰容若的关系。这种对历史毫不尊重的影视剧，是我非常痛恨的。如果你想要了解一个真实的纳兰容若，为你推荐两本书。一本是《纳兰容若词传》，由作家苏缨和两位纳兰研究者合写，以纳兰词为线索，串起了纳兰的一生。从解读纳兰词的角度来解读纳兰，这是我很喜欢的一个方式。因为我们对纳兰的喜欢，应该建立在他的作品之上，而不是空洞洞的一个文艺想象。另外一本书，就是这本《我

是人间惆怅客》，作者是中南大学的教授杨雨。里面既有纳兰的
生平故事，又有对纳兰悲剧一生的原因分析，虽属一家之言，但
颇有见地。

《我是人间惆怅客》这个书名出自纳兰的另一首名作《浣溪
沙》，这首词我也很喜欢。

> 残雪凝辉冷画屏，落梅横笛已三更，更无人处月
> 胧明。
> 我是人间惆怅客，知君何事泪纵横，断肠声里忆
> 平生。

"惆怅"是纳兰容若的一个符号，他的很多词，都充满着一
股或浓或淡的惆怅之情。但实际上，历史上真实的纳兰，不仅长
相可能和影视剧中的演绎有很大的差距，性情也远没有影视剧里
演的那么多情善感。纳兰24岁时，把自己的作品编成了两本词
集：《侧帽集》和《饮水词》，当时就有很多人非常喜欢，他的
好朋友清代文学家顾贞观就曾说："家家争唱饮水词，纳兰心事
几人知？"后来，人们将他的两部词集增遗补缺，一共348首，
合为《纳兰词》。民国年间，《纳兰词》出现了一个重要的推

手——著名学者王国维。王国维在他的《人间词话》里这样评价纳兰："纳兰容若以自然之眼观物，以自然之舌言情，此初入中原未染汉人风气，故能真切如此，北宋以来，一人而已。"

《人间词话》的地位大家是知道的，所以经王国维这么一推荐，纳兰容若不说是北宋以来的第一，至少也是大清朝的第一词人了。

除了词好，纳兰容若的个人形象也很正面，可谓重情重义。纳兰容若是满洲正黄旗人，父亲是康熙朝一代权臣纳兰明珠，母亲爱新觉罗氏是英亲王阿济格第五女，那是正儿八经的皇亲贵胄，家世相当显赫。但作为一名不折不扣的官二代、富二代，纳兰却不跟和他一样的豪门子弟做朋友，而是倾心结交一些遗世独立、孤高自傲的江湖文人。他最亲密的知己顾贞观、严绳孙、朱彝尊、姜宸英等，都是当时著名的汉族文人，其中不乏不愿与清廷合作的明朝遗民。纳兰在他的名作《金缕曲》里直抒胸臆，表达了自己和这帮哥们的感情。

　　　　共君此夜须沉醉。且由他、娥眉谣诼，古今同
　　　　忌。身世悠悠何足问，冷笑置之而已。寻思起、从头

翻悔。一日心期千劫在，后身缘、恐结他生里。然诺
重，君须记。

在纳兰短暂的一生里，对朋友确实做到了"然诺重"。最
有名的，就是他帮助顾贞观解救其好友吴兆骞的故事。顺治十四
年，顾贞观的好友吴兆骞因科场舞弊案株连，被流放宁古塔，当
时顾贞观便立下解救其归来的誓言。若干年后顾贞观结识了纳
兰，唯一请求纳兰的事情便是将吴兆骞从塞外苦寒中救出，让其
能在有生之年返回故乡。

纳兰与吴兆骞素昧平生，仅仅出于对顾贞观深厚的友情，
便以五年为期，答应下了这件天大的事。要知道这案子牵涉到很
复杂的政治斗争，要办成的难度很大。纳兰为这事儿破例去求了
父亲明珠，但即便明珠出马，这事也迁回多次，终于在康熙二十
年，流放塞外23年之久的吴兆骞从宁古塔回到了北京。

此时离顾贞观请求纳兰营救吴兆骞，正好过去了五年，这
件事在汉族文人中一时被传为佳话。所以说纳兰有他很豪气的
一面，很多人忽略了这一面，以为他总是一副柔情似水的翩翩
公子形象。纳兰22岁中进士，但本职工作却是御前一等侍卫，

这就是说，人家可是文武双全。在跟随康熙出巡塞外的时候，纳兰写下了不少意境壮阔的边塞词，只不过被大家记住的，还是一首最婉约的《长相思》，没办法，就写词而言，这就是他最擅长的风格。

> 山一程，水一程。身向榆关那畔行，夜深千帐灯。
>
> 风一更，雪一更。聒碎乡心梦不成，故园无此声。

在今天，纳兰最让人津津乐道的，还有他的感情生活。纳兰与结发妻卢氏夫唱妇随、琴瑟相和，只是这幸福只持续了三年，卢氏就因难产去世。这件事给纳兰打击很大，此后他一直没从对卢氏的思念之情中走出来。纳兰30岁因病去世，他死的那一天，正好和八年前妻子卢氏去世是同一天。

> 谁念西风独自凉？萧萧黄叶闭疏窗。沉思往事立残阳。
>
> 被酒莫惊春睡重，赌书消得泼茶香。当时只道是寻常。

这首《浣溪沙》是纳兰悼念卢氏比较有名的一首。末尾这句"当时只道是寻常",和李商隐的"此情可待成追忆,只是当时已惘然",可谓有异曲同工之妙。

在纳兰身上,还有个很热门的文坛八卦,很多人都说红楼梦中的贾宝玉,即是以纳兰为原型。据说当年和珅进呈《红楼梦》给乾隆,乾隆读后就说"此盖为明珠家事作也"。后来的红学家们深挖下去,发现还真有那么点相似的影子,有兴趣的朋友可以自己去研究。

不管怎么说,我们今天对纳兰容若,有过度解读的味道,有太多一厢情愿的想象,有太多不加甄别的八卦。所以建议大家去读几本好书,认真品味一下纳兰的作品。毕竟那些经典的词句,才是纳兰留给我们最好也是最真实的财富。

延伸阅读

————

《宋词的女性意识》《传播学视野下的宋词生态》

后　记

读书这件事儿，自古至今都被尊为雅事，既有黄金屋，亦有颜如玉，绝对好事；说的再大一点儿，可以为民族之崛起贡献力量。

而阅读这样的事其实也很私人，各种细致，各种心境，是无趣是痛苦还是喜悦，恐怕个人的感受最真实。

至于《领读》，原本是东周社制作的一档阅读类电视节目，在中国同类电视节目纷纷凋敝的当下，居然挺到了今天。作为主讲人，我也是自身投井，窃饮甘泉，落得个如饥似渴且越饮越渴的下场——说白了，越读越觉得自己没文化。

心想，可能同类感受者众，于是开心地做起了分享阅读的"勾当"，林盘中的分享会，油菜花里的朗诵会，麦田里的读书会……活动的主题，讲出来是"书读万卷破，声音有力量"，当然心里也明白，不喜欢读书的人，不会因为有人摇旗呐喊而捧卷，也不会因为去响应号召而阅读。

于是发现阅读这件原本和穿衣饮水一样自然正常的事，一旦到了需要大力推广的时候，情形就有点不乐观了。

嗯，有点着急。

但阅读其实需要并可以引导和推荐，也可以变成好玩的事情去分享，就像只要能开心减肥，花点时间运动一下也是可以试试的。让自己内心多一点与智者、善者、达者交流后获得的充盈感、自信、饱和与满足，这些确可成为人成长过程中的一组有机密码。

心理学专家说，阅读最佳的培养期是孩童少年时期，是对外界事物判断最敏锐的时期，错过了这个阶段，人生损失巨大，即使你花再大力气去号召、去推广，可能也只是事倍功半。

也许这个世界上真有不靠读书就家产万贯、吃喝无忧的先例，但这个世界上还有更多以奔跑姿态前行的人，他们在喘息间隙没有忘记读书，在和先贤对话，和高手过招，他们是真的如饥似渴，不为作秀。

愿意前行的人，不会因为路有坎坷而停止脚步，假装睡着的人，估计你也没办法叫醒他——那好吧，我们还是可以天真地相信，总会有人因为身边的呼唤而睁开眼睛。

于是，《领读》就用声音传递力量，"领"者，带着大家一起玩儿，分享阅读之乐；"读"者，不仅是看书，还要朗诵出来，这是小学基本要义。

不仅如此。还要告诉身边的人，一如杜甫笔下的桃栽和小松，"濯锦江边未满园""为觅霜根数寸栽"，完全可以"不问绿李与黄梅"，只管一心向下扎根，向上提升，就能"幸分苍翠拂波涛"。

于是默想着做一棵树吧，找到一方可以扎根的土地，以及可以仰望的天空。

四川人民出版社社长黄先生和真真小姐的加持，让《领读》余热再温，组铅成册，心中便感激得很。又把东周社的阿静和四川人民出版社的璐璐、瞳瞳几个小姑娘捏到一块儿，日夜兼程，付梓成书。

要感谢的人很多，比如田妈、师大爷、邓女士、闵楠美女、洪松学霸……简直没法儿——罗列。还有东周社的创作团队，那帮喜欢读书写字的家伙们也是令我感激的。

愿我们共同成长，见证前行足迹。

周 东

2022年5月12日夜

补　记

　　早些年，电视主持人是有光环的，不读书者亦能光彩照人。回想起来，不碰书的日子，都是在电视主持人岗位上度过，现在后悔如冷落美妙爱人般不堪。当互联网时代各色主播登台亮相，电视主持人光环变暗，面临多种可能的时候，恐怕只能靠自身发光了。一本书可能就是一格电，多一格心里踏实一点。开心阅读，快乐充电，避免关机。

　　我有一个执念，读书不必开书单，可以从自己喜欢的那一本开始。这是实话。《领读》当然就不会用开书单的形式呈现，说不上像什么。有点像是给地雷区插些红标，只是探路者的一点心意而已。